Paul Fattaruso

Isabellas Liebe zum Flügelhorn

Paul Fattaruso

Isabellas Liebe zum Flügelhorn

ROMAN

Aus dem Amerikanischen
von Henning Ahrens

Sammlung Luchterhand

1

Iples Erinnerungen

Iple ging so vor sich hin, und da es außer den gewaltigen, formlosen Wellen des Eises und des eisigen Himmels nicht viel zu sehen gab, zog er ein bisschen Bilanz, was seine Erinnerungen betraf. Er erinnerte sich daran, einmal aus dem Fenster geschaut zu haben, die Sonne stand hoch am Himmel, er erinnerte sich an das fahlgoldene Licht eines frühen Nachmittags, an das heilig-satte Grün der Rasen, an vorbeifahrende Autos, auch wenn er nur noch eines vor Augen hatte, einen beigefarbenen, vorbewussten BMW aus den frühen Achtzigern, an die gleichmäßig verteilten, undeutlich erkennbaren Fußgänger und an den unbestimmt frischen Geschmack von Wasser im Mund und hinten in der Nase. Iple wusste nicht mehr genau, an welchem Fenster er gestanden hatte, meinte aber, sich an einen dicken, weinroten Teppich und königsblaue Vorhänge mit kleinen, weißen, gleichmäßig verteilten Blumen darauf zu erinnern, und er wusste auch nicht genau, ob er zu jenem Zeitpunkt sechs Jahre oder dreißig Jahre alt gewesen war, ob das Auto nicht vielleicht aus den späten Sechzigern stammte, ob es überhaupt je vorbeigefahren war, ob es sich nicht doch um eine Erinnerung aus jüngster Zeit handelte. Allerdings erinnerte er sich deutlich an das Gefühl von Beständigkeit, Helligkeit und Unausweichlichkeit, an die leise Erkenntnis, dass er sich später an diesen Moment erinnern würde, auch wenn er ihn dann nicht einordnen könnte.

Iple hatte Tausende solcher Erinnerungen. Sie reichten nicht aus, um eine ordentliche Kindheit zu erzählen. Er erinnerte sich, mit Bauchschmerzen und in einem schwarzen Pyjama mit weißen Nadelstreifen auf einem kühlen Linoleumfußboden gelegen zu haben, er erinnerte sich an das plötzliche, unerwartete Mitgefühl des Linoleums, aber das war alles. Immer wieder durchwühlte er seinen Schrank nach diesem Pyjama, immer wieder grub er auf der Suche nach einem wunderschönen Füllfederhalter seinen Schreibtisch um, weil er sich daran erinnerte, diesen Füllfederhalter eines späten Abends zwischen den Zähnen gehabt zu haben, und weil er hoffte, dass ihm der Füller, wenn er ihn fände, verriete, woher er ihn hatte und warum er ihn so und nicht anders gehalten hatte, obwohl er doch, wenn er sich recht erinnerte, eigentlich Hunger auf einen Taco gehabt hatte.

2

Iples Kindheit

Iple ging so vor sich hin, sah seinem Atem zu, wie er sich in langen, flüchtigen Wolken aus seinem Mund kräuselte, und versuchte, sich an seine Kindheit zu erinnern. Er wusste noch, dass seine Mutter als Mädchen Schokoriegel verpackt hatte, um sich das Geld für ein schickes, lila Fahrrad zu verdienen. Ihr Fahrrad stand ihm noch vor Augen, obwohl er es natürlich nie gesehen hatte, doch an seine Mutter selbst konnte er sich nicht erinnern, weder an ihre lebhaften Augen noch an die kurzen, drahtigen Locken ihres atemberaubend schwarzen Haares, weder an ihre Stewardessen-Uniform, die in der hinteren, dunklen Ecke des Umkleidezimmers über einem Berg ausgemusterter Schuhe hing und ihm das Gefühl gab, als verberge sich in den Falten der Wirklichkeit eine unsichtbare, unvorstellbare Welt, und er wusste auch nicht mehr, mit welcher Handbewegung sie die Eierkuchen in der Pfanne herumgeworfen hatte.

Er prüfte jede Erinnerung, indem er sich das genaue Gegenteil vorstellte, seine Mutter mit den frechen, blonden Zöpfen, ihren schläfrigen Kuhaugen, dem Umkleidezimmer, das nichts enthielt außer feinseidenen Nachthemden, so dünn, dass sie den Fingern entglitten, seine Mutter, die nie irgendwelche Süßigkeiten verpackt hatte und nie an einem eigenen Fahrrad interessiert gewesen war, und er fand jede neue Erinnerung genauso glaubwürdig wie die letzte. Eigentlich hatte seine Schwester das Fahrrad gekauft, und das Fahrrad war orange gewesen, vorausgesetzt, er hätte eine Schwester gehabt.

Iple konnte aus seinem Leben kein einziges Detail herausdestillieren, aus dem mit einiger Logik weitere Erinnerungen entsprungen wären, Erinnerungen, die ihn vielleicht zu anderen Gewissheiten geführt hätten, zu einem zweiten, als sicher geltenden Detail, dann zu einem dritten und so weiter. Und nach einer anfänglichen Panik hatte er herzlich wenig Lust, weiter darüber nachzugrübeln. In der Kälte wurde seine Nasenschleimhaut so hart wie ein Blumentopf.

Iple beschloss, froh darüber zu sein, dass er nicht wusste, wo oder wie er aufgewachsen war. Eine knappe Minute hoffte er, eine glückliche Kindheit gehabt zu haben, und dann hoffte er fünfzehn Sekunden lang das Gegenteil, und dann verlor er jedes Interesse an dieser Frage.

3

Die Antarktis-Entscheidung

Iple weiß noch genau, warum er in die Antarktis wollte. Er war um den Häuserblock geschlendert, weil er gehofft hatte, dabei auf eine neue Idee zu kommen. Die Wolken standen starr am Himmel, kloßförmig, schattenlos hell. Eine orangene Katze sah Iple mit dem Pokergesicht einer Katze an, die auf keinen Fall mit ihrer Idee herausrücken will. Die Vögel lachten Iple aus. Iple hatte ein Fangspiel aus Holz dabei, das er immer spielte, um lässig zu wirken und nicht den Eindruck zu erwecken, irgendetwas Bestimmtes zu suchen, und er spielte es beim Gehen. Ein Faden verband den roten Holzball mit der gelben Holzschale, die einen blauen Holzgriff hatte. Iple hielt den blauen Griff, er warf den roten Ball im Bogen nach oben und versuchte dann, ihn mit der gelben Schale aufzufangen. Die Schale war ein bisschen zu klein für den Ball.

Und nun will ich Ihnen etwas erklären, das niemand mit Bestimmtheit weiß. Die Zeit besteht nämlich aus einzelnen Abschnitten, sie gleicht einem Daumenkino, einer Abfolge erstarrter Momente. Iple brauchte nur circa fünftausend solcher Momente, um den roten Ball wieder hochzuwerfen, nachdem dieser vom Rand der gelben Schale abgeprallt war, immer noch zu viele, um jeden einzeln wahrnehmen zu können, ganz gleich, wie genau man hinsieht. Knapp tausend Momente dauerte es vom Abprallen des roten Balls von der gelben Schale bis zum Zusammenprall des Lasters mit der Zapfsäule der Tankstelle, an der Iple gerade vorbeiging. Wann der Laster die Zapfsäule berührte, muss unklar bleiben, da der Raum im Gegensatz zur Zeit eine Kontinuität bildet, und da der genaue Zeitpunkt der Berührung zweier Dinge umso schwieriger zu bestimmen ist, je genauer man hinsieht.

Zwischen der ersten Berührung des Lasters mit der Zapfsäule und der vollen Wucht der Explosion lagen circa vierhundert Momente. Die Explosion tötete fünf Menschen und ließ zwei mit schweren Verbrennungen zurück. Sie tötete die orangene Katze. Volle fünf Momente dauert es, bis ein lebendes Wesen auf ein totes reduziert wird. Sechsundzwanzig Momente dauerte es, bis Iples Hörvermögen von hundert auf null reduziert wurde.

Eigentlich hätte Iple tot oder schwer verbrannt sein müssen. Die Knorpel in seinem Ohr fühlten sich so heiß an, als wollten sie sich durch seinen Kopf brennen, doch er konnte noch denken. Äußerlich war er unversehrt, und er setzte sich auf der anderen Straßenseite auf die Bordsteinkante. Dort saß er sehr lange, und die Wolken waren weiterhin kloßförmig, sie bewegten sich weder vom Fleck noch veränderten sie ihre Form. Feuerwehrmänner und Rettungssanitäter kamen und taten alles Menschenmögliche. Die Polizei kam und stellte Fragen. Iple zeigte auf sein rechtes Ohr und schüttelte den Kopf.

Iple betrachtete die Tankstelle und das Drumrum, bis alle Leute verschwunden waren, er betrachtete sie so lange, bis schließlich ein Vogel landete und wieder davonflatterte, was ihn daran erinnerte, wie man sich in Bewegung setzte, und er stand auf und ging zu einem kleinen Diner in einem ausrangierten Eisenbahnwagen.

Iple nahm die Speisekarte und zeigte auf den Monte Christo. Er versuchte erst gar nicht zu sprechen. Seine Ohren waren nicht mehr ganz so heiß, und er konnte wieder klarer denken. Er nahm sich vor, bis zum Morgen durch die Gegend zu laufen. Am Morgen nahm er sich vor, alles zu verkaufen, was er besaß. Dann, in der Dachbodenwohnung eines alten Hausmeisters ein kleines Zimmer zu mieten und so viel wie möglich über die Antarktis zu lernen und weiter fleißig Sandwichs zu essen.

Obwohl er sich allmählich zu einem Experten für die Antarktis mauserte, begriff Iple nicht, warum Menschen dorthin fuhren. Er schloss sich einem Team von Wissenschaftlern an und fuhr dorthin.

4

Zebedee

Zebedee war ein begnadeter Spieler. Als er zum ersten Mal ins Kasino ging, hatte er einen so gigantischen Lauf, dass ihn die Kasinoleute schließlich aufforderten, zu gehen und sich nie mehr blicken zu lassen. Sie hatten Zebedee lange im Auge behalten, weil sie herausfinden wollten, ob er ein Betrüger war, dann verfrachteten sie ihn in ein Zimmer und forderten ihn auf, den Inhalt seiner Taschen auf den Tisch zu entleeren. Sie forderten ihn auf, seine Jacke auszuziehen. Zebedee trug eine kamelbraune Jacke. Dann forderten sie ihn auf, sein himmelblaues Hemd auszuziehen, und Zebedee sagte: »Bitte, meine Herren, das ist doch absurd.«

Die Kasinoleute ließen Zebedee wissen, was ihrer Meinung nach absurd war, nämlich die Höhe der Summe, die er gewonnen hatte. Sie wollten herausfinden, mit welchen Tricks er sie betrogen hatte. Beim Spielen sah Zebedee immer so aus, als betröge er, denn er schien nie ganz bei der Sache zu sein. Er verlor sich im Anblick der Lampenhalter, im Anblick der Halskette einer Dame, im Anblick der Getränke, die auf Tabletts vorbeiglitten, ihren Eiswürfeln und Strohhalmen, ihren Amarenokirschen und Ananasscheiben, ihren Oliven und Perlzwiebeln.

Zebedee sagte: »Ihr Verhalten ist mir so peinlich,

dass ich Ihr Geld nicht behalten möchte. Sie können es zurückhaben, und dann gehe ich«, und er fädelte beide Arme gleichzeitig in die Ärmel seiner Jacke ein. Ein Kasinomann sagte, dazu sei es nun zu spät, doch er sagte es halbherzig, und Zebedee ging zur Tür hinaus. Bevor er ganz zur Tür hinaus war, sagte der Kasinomann noch, dass Zebedee sich in diesem Kasino nie mehr blicken lassen solle.

Zebedee ging nach Hause und ließ sich einen Schnurrbart wachsen, einen flotten Schnauzer. Er kehrte ins Kasino zurück, und nachdem er an einem Spielautomaten gewonnen hatte, verschwand er, die Taschen seiner kamelbraunen Jacke pickepackevoll und klimpernd.

5

Mehr über Zebedee

Zebedee lernte, unauffällig zu spielen. Er spielte immer nur kurz, erst ein bisschen Blackjack, dann ein bisschen Roulette. Aufmerksamkeit erregte er nur noch ein einziges Mal. Mit zwanzig fuhr er mit Charlotte, der Tochter des Richters, zum Diner und von dort ins Autokino. Im Anschluss nahm er sie mit zum Roulettetisch und setzte zwanzig Mal hintereinander auf die Null, er setzte kleine Beträge, und Charlotte sah zu, wie die Kugel zwanzig Mal hintereinander auf der Null liegen blieb, sie sah, dass alle anderen Leute am Tisch davor zurückschreckten, auf die Null zu setzen, weil es einfach unmöglich war, dass die Null noch einmal käme, nicht, nachdem sie schon sechs Mal hintereinander gekommen war. Nicht, nachdem sie vierzehn Mal hintereinander gekommen war. Vor Aufregung drückte Charlotte an die fünfzig Mal Zebedees Arm und ging dabei immer wie für einen Knicks in die Knie, und daher fiel es Zebedee mit jedem Mal schwerer, nicht auf die Null zu setzen. Doch er hatte bescheidene Beträge gesetzt, und als er aufhörte, konnten die Leute den Tisch daher im Gefühl verlassen, dass ihr Ethos nur einen kleinen, wenn auch entscheidenden Kratzer abbekommen hatte.

Charlotte hatte winzig kleine Ohren und große breite Lippen, erstaunlich ausladende Hüften und ein

Bäuchlein, und wenn sie mit Zebedee ausging, zog sie immer sittsame Röcke an, und immer, wenn Zebedee sie in einem dieser Röcke sah, zwirbelte er einen Schnurrbartzipfel und liebte Charlotte sehr, und sie liebte ihn, weil das Leben es gut mit ihm zu meinen schien.

Im Februar stieg Charlotte mit ihrem Vater, dem Richter, in ein Flugzeug nach Oahu, und der Pilot flog das Flugzeug mit Absicht ins Meer, schnurgerade und pfeilschnell. Zebedee fragte sich, was passiert wäre, wenn er auf Charlottes wohlbehaltene Rückkehr gewettet hätte, und warum er gerade das nicht getan hatte.

Zebedee hatte die Nase voll vom Spielen und knetete wieder Hefeteig in der Pizzeria. Vier Jahre später hatte er sich so weit erholt, dass er wieder spielen konnte. Er besuchte Pferderennen und Hunderennen und einmal, in Louisiana, einen Hahnenkampf. Er betrachtete die Frauen mit ihren großen Hüten, die Männer mit ihren Fliegen, das einsame Mädchen, das in der Wettbude arbeitete, einen Taschendieb und manchmal die Pferde oder Hunde oder Hähne. Er wettete immer 10:1, und immer waren es Dreierwetten.

Auf wahre Begebenheiten wettete er niemals, weder auf die Geburt eines Neffen noch darauf, dass Charlotte aus dem Pazifik auf die Baja California stiege, unversehrt und nicht einmal außer Puste.

Er reiste umher und erfreute die Menschen, und jeder hatte ihn gern. Er reiste, um Geschenke kaufen zu können – neue, schöne Dinge für seine Brüder und Schwestern und Nichten und Neffen und Esther, die Besitzerin der Pizzeria, und ihren Sohn, Gottlieb. Er brachte Feuerwerksraketen mit, Schwerter, Münzen, eine Rikscha, einen aztekischen Löffel, ein Fabergé-Ei für Esther und für Gottlieb ein Go-Spiel mit Ebenholzbrett und Steinen aus glänzenden, polierten Korallen.

Zebedees Haar wurde weiß, doch sein Schnurrbart blieb schwarz. Gottlieb begegnete einem Mädchen, das er zur Frau nehmen wollte, die Iris ihrer Augen hatte die Farbe von Sand, was Zebedee äußerst verführerisch fand, und am Tag vor der Hochzeit sagte Gottlieb zu Zebedee: Ich habe alle Hände voll zu tun, könntest du vielleicht diese Hühner zu meiner Mutter fahren? Und Zebedee sagte: »Aber natürlich, Gottlieb«, und auf der Fahrt im Laster voller Hühner wurde ihm plötzlich schwarz vor Augen, und er schwankte, und er fuhr den Laster geradewegs gegen eine Zapfsäule, was ihn selbst und die Hühner und die orangene Katze das Leben und Iple das Gehör kostete.

6

Wie Großes vollbracht wird

Mit nichts außer einem schnellen Pferd. Mit nichts außer einer Heftklammer und einem Streifen Kaugummi. Mit nichts außer einer hellen Leuchte und einer Plastikflöte. Mit nichts außer einer Taschenuhr, einem Glas Wasser und einem Streichholz. Mit nichts außer einem Drachen und einem losen Zahn. Mit nichts außer einem leichten Wind und einem Taschentuch. Mit nichts außer einer Schüssel Haferschleim. Mit nichts außer einem Ehering und einer Postkarte. Mit nichts außer einem Apfel, einem Fluss und einer Hand voll Kiefernnadeln. Mit nichts außer einer Patrone und einem Nähkästchen. Mit nichts außer einem Football-Helm, einem Sylvesterböller und einem Vorhängeschloss. Mit nichts außer einer halben Landkarte. Mit nichts außer einem Boot und einem Schwert. Mit nichts außer einem streunenden Hund und einem Stück Speck. Mit nichts außer dem Haar vom Fußboden eines Friseursalons. Mit nichts außer einer lahmen Lüge und einem Milchshake. Mit nichts außer einem Happen Rumaki. Mit nichts außer einem Dübel und einer Bandsägemaschine. Mit nichts außer einem Grashüpfer aus Schokolade. Mit nichts außer einem Quadratmeter Spiegelglas. Mit nichts außer einer Zelle. Mit nichts außer einer Kartoffel. Mit nichts außer einem Kartoffelkäfer.

7

Die Station im Eis

Ein großer Hubschrauber mit zwei Propellern setzte das Team der Wissenschaftler in der Antarktis ab, darunter auch Iple. Ein zweiter großer Hubschrauber setzte einen ganzen Haufen Kisten ab, die alles enthielten, was nach Meinung der Wissenschaftler zum Überleben notwendig war (Bohnen, Brennstofftabletten). Am ausgefallensten war ein Schneckenbohrer, den Wes, der Humanpsychologe, mitgebracht hatte, um für die Geräteschuppen tiefe Sammelbecken graben zu können. Wes brauchte eine ganze Woche, um den Schneckenbohrer zu montieren, alle anderen waren währenddessen mit dem Bau der Iglus beschäftigt, und als er ihn zum ersten Mal in Gang setzte, trennte er sich damit den rechten Arm unterhalb des Ellbogens ab.

Wes gab keinen Laut von sich. Er legte sich in den Schnee und blutete und weinte ein wenig in sich hinein, und als Justin, der Fotojournalist, ihn schließlich fand, glaubten alle, jede Rettung käme zu spät, aber irgendwie konnte Tina, die Ärztin, Wes retten. Im Hauptiglu stießen sie auf Tina an und tranken Rotwein und aßen dazu Brie mit angebratenem, rotem Paprika und mit Baguette.

Wenn Penelope, die Mikrobiologin, an der Reihe war, abends im Hauptiglu auf Wes aufzupassen, der fiebernd und mit aschgrauem Gesicht neben der Heizung unter einem Berg Decken lag, spielte sie Flügelhorn und sang dazu sanfte Lieder. Und jeden Abend meinte Iple, von seinem Iglu aus Penelopes Lied zu hören, leise und klangvoll, obwohl er nur die Stille hören konnte.

Vormittags entfernte sich Iple immer weit vom Lager, unter seinem Parka ein Sandwich und eine Thermoskanne mit Tee, und wenn das Iglu-Dorf hinter dem Horizont verschwunden war, ging er weiter, bis es nur noch den Schnee gab und den Himmel, der den Schnee spiegelte, und er das Gefühl hatte, dass es gerecht war, taub zu sein. Dann setzte er sich, holte Sandwich und Tee hervor und wiegte sich ein wenig in der Krippe der wüsten, wohligen Ödnis. Dies war der einzige Augenblick, in dem sich Iple in Gedanken nicht gegen seinen Körper auflehnte.

Die Tage wurden länger, und eine Weile blieb Iple so lange draußen, wie es hell war. Das Team der Wissenschaftler machte sich Sorgen um ihn, besonders Asa, der Architekt, der für den Bau des Iglu-Dorfes mitgekommen war. Sie hatten die Sorge, dass Iple vielleicht nicht zurückkäme, aber ihre größte Sorge galt Verhaltensauffälligkeiten, irgendeinem Anzeichen von Wahnsinn. Außer Wes gab es noch sechs weitere Psychologen, und alle warteten auf neue Symptome, und nur der alte Mann, Benjamin, der Verhaltenspsychologe, beharrte darauf, dass Iple richtig im Kopf sei. »Er ist ein komischer Vogel, aber harmlos«, sagte Benjamin beim Mittagessen, »ganz im Gegensatz zu diesem kindsköpfigen Nimrod«, er zeigte mit seinem Croissant auf Asa, »der offenbar fest entschlossen ist, mit diesen unsäglichen, winzigen Iglus meinen Rücken zu ruinieren.« Benjamin war neunundachtzig Jahre alt und maß fast einen Meter neunzig. Als sie auf Tina anstießen, sagte er: »Wirklich ein Wunder, dass unsere Ärztin diesen hirnlosen Hornochsen retten konnte.«

8

Benjamin und Penelope

Wirklich nett war Benjamin nur zu Penelope, der Mikrobiologin. Jeden Sonntagmorgen bereitete er ihr Eggs Benedict zu. Penelopes Iglu lag dicht beim Kücheniglu, und jedes Mal erwachte sie vom schwachen Duft der Sauce hollandaise und ging ins Kücheniglu und aß, ihre Augen noch schlaftrüb, und Benjamin erkundigte sich jedes Mal nach ihren Träumen, er stellte Ja-Nein-Fragen, und Penelope nickte oder schüttelte den Kopf, ihr Haar noch ganz wirr.

Benjamin hatte fast dreihundert Enkelkinder. Penelope war das erste, von dem er erfahren hatte, und insgesamt gesehen das sechste. Wes, der Humanpsychologe, war insgesamt gesehen das dritte. Das Mädchen, das Gottlieb heiratete, war insgesamt gesehen das 151. und außerdem die zweite von Drillingen.

Als die Tage immer länger und die Nächte immer kürzer wurden, hielt Benjamin sich am diszipliniertesten von allen an seinen Tagesplan und legte sich schlafen, als würde es weiterhin Nacht. Er hatte eine Rudermaschine und einen Entsafter und vier Katzen und neun Wüstensprinmäuse dabei, um die er sich kümmern musste. Er wollte herausfinden, ob die Antarktis ihr Orientierungsvermögen beeinträchtigte.

Iple begriff nicht, warum das Team der Wissenschaftler in die Antarktis gekommen war. Die Ringe unter ihren Augen wurden zusehends dunkler. Bei Asa, dem Architekten, war es schließlich so, dass er vier Stunden wach war und dann eine Stunde schlief und dann wieder aus dem Schlaf auffuhr, ohne zu wissen, ob er überhaupt geschlafen hatte. Iple kam es vor, als spukten sie alle wie Geister durch die Iglus. Beim Gehen machte jeder rischelraschelnde Geräusche, weil sich die wetterfeste Außenhaut von Mantel und Hose aneinander rieb, doch niemand schien Iple zu hören. Er tauchte immer völlig überraschend auf, erschien plötzlich im Blickfeld eines Psychologen oder Kosmologen oder Asas oder Tinas oder Roys, dem Mann für künstliche Intelligenzen. Das verlieh Iple etwas Unheimliches. Iple kamen die anderen nervös vor, wie eingeschüchterte Geister. Er empfand ein wenig Mitleid und ein wenig Genugtuung bei dem Gedanken, dass ihn offenbar niemand hörte, weil er nichts hören konnte.

9

Was Iple fand

Je länger die Tage wurden, desto länger blieb Iple fort. Wenn die Iglus noch in Sichtweite waren, glaubte er manchmal, den leisen Klang von Penelopes Flügelhorn zu hören. Und wenn die Iglus nicht mehr zu sehen waren, hörte er auf, angestrengt zu horchen. Vielleicht, dachte er, war es ja das, was man unter klarem Denken verstand, wenn alle Sinne entspannt waren, und dann begann er, ein bisschen Bilanz zu ziehen, was seine Erinnerungen betraf. Manchmal blieb er über zwanzig Stunden am Stück dort draußen, außer Sichtweite der Iglus, manchmal für zwanzig Stunden am Stück, und die ganze Zeit erinnerte er alles falsch – seine Mutter und seinen Vater und ihre Gesten und seine Geschwister und die Jugendfreunde, sollte er je welche gehabt haben, und die Autos und die Frühstücke und die Rasen seiner Kindheit, und trotzdem gab er die Hoffnung nicht auf, irgendwann auf eine echte Erinnerung zu stoßen, eine, deren er sich sicher sein konnte.

Dann sah Iple weiter draußen einen roten Fleck. Vermutlich hatte er ihn schon länger im Blick gehabt, ohne ihn bewusst wahrgenommen zu haben. Der Fleck war nicht weit entfernt. Es handelte sich um Wes' Parka, und im Parka steckte der erfrorene Wes, dessen Bart und Brauen und Wimpern dick mit Schnee und Eis verklumpt waren. Der Anblick von Wes überraschte Iple. Iple konnte sich nicht erinnern, dass Wes je unter dem Berg von Decken im Hauptiglu hervorgekrochen war, seit man ihn dort hingelegt hatte. Iple war der Ansicht, dass Wes nicht gerade scharf darauf war, sich zu bewegen, und er hätte nicht gedacht, dass Wes den ganzen weiten Weg bis hierher allein schaffen würde. Iple hätte gern gesagt, wie stolz er auf diese überraschende Tat sei, aber leider war Wes komplett vereist und atmete nicht mehr.

Iple kombinierte, dass Wes genau dies im Sinn gehabt hatte, als er unter seinem Berg von Decken hervorgekrochen war. Er wusste nicht recht, was er mit Wes anfangen sollte. Er war sich ziemlich sicher, dass es nicht zu Wes' Plan gehörte, hier entdeckt zu werden, ja wahrscheinlich wollte er überhaupt nicht entdeckt werden. Wahrscheinlich wollte Wes bleiben, wo er war. Andererseits merkte Wes jetzt wahrscheinlich gar nicht mehr, ob er entdeckt worden war oder nicht. Iple versuchte, Wes einen Blick zu entlocken, irgendeinen Hinweis aus ihm herauszubekommen, aber Wes saß mit zugefrorenen Augen da. Iple stellte sich vor, Wes einfach dazulassen, er stellte sich vor, dass Wes unter ein paar kräftigen Schneeböen begraben würde. Schon morgen könnte Iple dicht an Wes vorbeilaufen, ohne ihn zu bemerken. Das fand Iple traurig und falsch. Er setzte sich und trank Tee und aß die Hälfte seines Sandwichs, steckte die andere Hälfte wieder unter den Mantel und wuchtete sich Wes über die Schulter.

Iple glaubte, seine Füße im Schnee mit jedem Schritt lauter knirschen zu hören, und er versuchte, den Gedanken daran zu verdrängen. Dann tat Wes den Mund auf.

»Bist du das, Iple? Bringst du mich zur Station im Eis?«

»Ich bringe dich zur Station im Eis«, sagte Iple, dessen Zunge und Unterkiefer so kältestarr waren, dass er nur mit Mühe sprechen konnte.

»Bring mich nicht zurück.« Wes hörte sich gut an. Er klang gelassen, ja sogar ein wenig heiter. »Lass mich einfach hier fallen, dann verschwinde ich ganz schnell im Schnee.«

»Was kratzt es dich, wo deine Leiche bleibt?«, fragte Iple.

»Und was kratzt es dich?«

»Wenn ich wüsste, dass du da irgendwo bist, könnte ich die leere Landschaft nicht mehr so genießen«, sagte Iple.

»Das ist echt schräg, Iple.«

Iple stellte sich vor, das Eis wäre von Leichen übersät, eine jede zu vereist, um sich bewegen zu können, aber gerade noch imstande, ihren Geist aufzugeben.

»Bitte, Iple. Gut möglich, dass Tina mich auftaut und wiederbelebt. Sie ist dafür ausgerüstet. Sie ist ganz wild darauf, irgendjemanden aufzutauen. Mach bitte keinen gescheiterten Selbstmörder aus mir.«

Die Dächer der Iglus ragten am Horizont auf wie zornige, geschwollene, weiße Bäuche.

»Ich würde dir gern etwas zeigen, etwas ganz Besonderes«, sagte Wes. »Es ist nicht weit von hier. Lass uns wenigstens erst dort vorbeischauen.« Tatsache war, dass Iple wenig Lust verspürte, schon jetzt ins Iglu-Dorf zurückzukehren. Es war noch früh, und Wes klang so gütig und sorglos, dass Iple neugierig wurde. Wes gab Iple die Richtung an, in die sie gehen mussten, um zu dem Ding zu gelangen.

»Weißt du, welchen Song ich immer sehr gemocht habe?«, fragte Wes, während Iple ihn schleppte. »Ich mochte ›Paper Moon‹ immer sehr. Der Song ist auf so sanfte und schöne Art solipsistisch. Und er ist so unaufdringlich, so unangestrengt nonchalant. Jedes Mal, wenn ich ihn höre, kommt er mir sehr schlicht und gleichzeitig sehr flüchtig vor, er hat fast etwas Animistisches. Er ist ein Liebeslied, das von allem gesungen werden könnte, von Mond, Meer, Stein, Eis, Schnee, Wind. Diesen Song habe ich immer sehr gemocht. Jeder kann ihn singen, und jedes Mal ist er schön.« Dann summte Wes den Song eine Minute, und Iple glaubte, Wes' Gesumm spüren zu können, und dann sagte Wes: »Oh, wir sind da. Sieh mal, dort unten.«

Unter Iples Füßen war das Eis durchsichtig, weshalb es ihm – von der matt glänzenden Oberfläche einmal abgesehen – das Gefühl gab, als triebe er dahin. Es war außergewöhnlich. Und es erstreckte sich weit, dieses gewaltige Stück glasklaren Eises, und in ungefähr zehn Metern Tiefe konnte Iple ein riesiges Geschöpf erkennen, das auf dem Rücken lag, alle viere nach oben gestreckt, als wäre es die Karikatur eines riesigen, toten Geschöpfes.

10

Iples Rede

Seit ihn die Explosion das Gehör gekostet hatte, hatte Iple nicht mehr gesprochen. In Anwesenheit anderer Menschen hatte er geschwiegen. Anfangs hatte er sich davor gefürchtet, festzustellen, dass er nicht einmal mehr sich selbst hören konnte. Zugleich hatte er befürchtet, dass ihm dies wie durch ein Wunder vielleicht doch möglich wäre. Nach einer Woche unternahm er einen Versuch. Er versuchte, sich eine Zeile des Buches laut vorzulesen, in dem er auf dem Dachboden des Hausmeisters schmökerte. Er wusste, dass der Hausmeister nicht da war.

»Die Forschungsreisenden litten große Not.«

Es war, als hätte er die Worte nie gesprochen. Er hätte auch nur die Lippen bewegt haben können. Er wiederholte den Satz, weil er das Vibrieren seiner Stimmbänder spüren wollte.

»Die Forschungsreisenden litten große Not.«

Hatte er ihr Vibrieren gespürt oder war es nur ein Atemhauch gewesen, der als vergebliches Flüstern seiner Luftröhre entwichen war? Er musste sich doch wenigstens wie von tief unter Wasser hören können.

»Die Forschungsreisenden litten große Not.«

Er spürte das leichte Kratzen und Stechen oben im Hals, das er vom Schreien her kannte.

»Die Forschungsreisenden litten große Not.«

Sein Kehle brannte ein bisschen, doch er hörte immer noch nichts, keine weit entfernte Stimme wie von unter Wasser.

»Die Forschungsreisenden litten große Not.«

Er hatte eine raue Kehle. Zur Linderung trank er ein Glas Wasser. »Noch einmal«, befahl er sich selbst.

Wes über der Schulter, hatte er das Dorf fast erreicht, als ihm der Gedanke kam, dass er womöglich etwas sagen musste. Vor dem Einschlafen machte er immer Übungen mit dem Mund, spannte die Lippen an, die Zunge, die Wangen. Er fand es komisch, den Mund nur zum Essen zu bewegen, das fand er unnatürlich reglos, und als sich das Gefühl einstellte, als wäre es doch ganz natürlich, begann er, vor dem Einschlafen zur Übung seinen Mund zu bewegen. Sein Gespräch mit Wes stimmte ihn zuversichtlich. Er war der Ansicht, sich durchaus verständlich geäußert zu haben.

Fast alle hielten sich im Kücheniglu auf, als Iple eintrat.

»Der Verrückte hat Wes umgebracht!«, schrie Asa, der Architekt, und schnappte sich ein Steakmesser.

»Halt den Mund, du kindischer Idiot«, sagte Benjamin.

Iple sprach langsam. »Ich habe Wes weit weg von der Station im Eis entdeckt. Erfroren. Ich glaube, eine Rückkehr hatte er nicht eingeplant. Außerdem habe ich nicht ganz so weit weg in einem seltsamen Stück Eis ein riesiges Geschöpf entdeckt.«

11

Iples Leben im Jenseits

Iple gewann sein Gehör zurück. Er gewann Sinne zurück, von denen er gar nicht gewusst hatte, dass sie verloren gegangen waren. Ihm fielen wieder Dinge ein, die niemand mit Bestimmtheit weiß, zum Beispiel, dass die Zeit aus einzelnen Abschnitten besteht und dass unsere Messmethoden im Grunde nicht dem Wesen des Universums entsprechen. Ihm fiel wieder ein, wie seine Mutter ausgesehen hatte. Ziemlich sommersprossig. Als er zwei Jahre alt gewesen war, war sie im Mittelmeer schwimmen gegangen und auf Nimmerwiedersehen verschwunden.

Iples Mutter lachte ihn wegen allem aus, das er vergessen hatte, und sagte ihm, die Sache mit seinen Erinnerungen, die Sache mit seinen Ohren, ja jede schreckliche Sache sei einfach nur die Art Streich gewesen, die sie einander gern spielten. Sie hatte ihm die ganze Zeit Streiche gespielt, und nun, da er dies wusste, nun, da alles vorbei war, musste Iple gestehen, dass er es lustig fand. Dann sagte sie: »Und nun gib mir deine Schuhe, Iple.«

Iples Schuhe waren aus weichem, braunem Leder. Sie waren robust, aber nachgiebig. Er hatte sie zwölf Mal zum Schuster gebracht. Sie waren das liebste, was er hatte. »Keine Schuhe im Jenseits«, sagte sie, nur, dass sie es nicht Jenseits nannte. Iple gab ihr die Schuhe, ohne auch nur einmal darüber nachzudenken, und sie erzählte ihm, was es außerdem nicht gab. Tapeten, Wanduhren und Armbanduhren, Musik-CDs, Nagelpolitur …

Doch er hörte ihr schon nicht mehr zu, sondern beobachtete, wie die Brise in den Härchen auf ihrem sommersprossigen, linken Unterarm spielte.

12
Asa

Iple hatte orangene Augen. Sie wirkten unecht. Iple sah sich gern um, er tat dies fast ständig, und das machte Asa, den Architekten, nervös, denn er sah sich immer nur um, wenn er unbedingt musste. Ein paar Mal bildete Asa sich ein, dass Iples Augen das Licht reflektierten wie Katzenaugen. Asa war mit in die Antarktis gekommen, um seinen Traum von einem Iglu-Dorf zu verwirklichen. Iglus, durch Tunnel aus Eis miteinander verbunden und innen so erstaunlich warm, als wären sie lebendige Wesen. Wenn Asa daran dachte, kam er sich beinahe vor wie ein Fötus.

Asas Frau hatte kein Verständnis für das Iglu-Dorf. Sie hatten zwei kleine Söhne, ein wunderschönes Haus tief im Wald bei Medicine Hat, und einen Garten mit unglaublich köstlichem Obst und Gemüse. »Was willst du denn in der Antarktis?«, fragte sie Asa, doch Asa verkniff sich die Antwort.

»Ich möchte ein Schnee-Fort bauen«, dachte er.

Asa bezweifelte, dass Iple wirklich taub war. Nach Asas Ansicht deuteten Iples Blicke darauf hin, dass er lauschte. Iple sah ab und zu für eine Minute zum Ofen. »Jetzt lauscht er für eine Minute dem Ofen«, dachte Asa.

Asa war nicht geheuer bei dem Gedanken, was Iple anstellte, wenn dieser das Iglu-Dorf verließ. Niemand sonst verließ je das Iglu-Dorf. Die Iglus waren innen wirklich erstaunlich warm, jeder hatte ein Iglu für sich, und außerdem gab es noch das Gemeinschafts-Iglu und das Küchen-Iglu, und durch zwei lange Tunnel, ebenfalls angenehm warm, gelangte man zu zwei Vorrats-Iglus. Sie hatten den Schneckenbohrer weiter benutzt, voller Furcht, aber doch beharrlich. Es traf Asa tief, dass Iple nicht mehr Zeit im Iglu-Dorf verbrachte und dass Iple ihm nie ein Lächeln schenkte, wie es unter den Einwohnern von Medicine Hat und auch im Iglu-Dorf üblich war.

Benjamin schenkte Asa auch nie ein Lächeln, und einmal hatte er Asa sogar auf die Stiefel gespuckt und ihn für sein blödsinniges Schnee-Fort verflucht, aber Benjamin machte Asa nicht nervös. Asa hörte Iple nie kommen. Iple erschien immer ganz unvermittelt, und immer erschrak Asa, ein erstes Mal wegen des plötzlichen Auftauchens, ein zweites Mal, weil es sich um Iple handelte. Schließlich erschrak er auch noch ein drittes Mal, weil seine Nerven so gespannt waren, dass sie von ganz allein zuckten, und manchmal sogar ein viertes Mal.

Asa gewöhnte sich an, sehr viel Kaffee zu trinken und verlor daher die Kontrolle über seinen Schlaf. Manchmal schlief er, ohne es zu merken, und manchmal war er wach, ohne es zu merken, oder er schlief ein und träumte leicht abgewandelt von seinem letzten Wachzustand. Er träumte von seiner Frau und seinen Jungs, die ohne ihn in ihrem wunderschönen Haus wohnten und kein Wort sprachen, er träumte, dass Iple auf einem Brontosaurier ritt und das Iglu-Dorf vernichtete, er träumte, dass Iple durch Medicine Hat ritt und seine Frau und seine Jungs vernichtete, ihr unglaublich köstliches Obst und Gemüse vernichtete, und alle bemerkten ihn immer erst, wenn er schon über sie herfiel, Iple, der Tarnkappen-Terminator, und schließlich erwachte Asa, ohne zu wissen, ob er geschlafen hatte.

Dann kam Iple hereingestiefelt, Wes über der Schulter wie einen Sack Kartoffeln. Drei Tage lang weinte Asa in seinen Kaffee, und er weinte im Schlaf und träumte, dass Iple alle Einwohner von Medicine Hat davonschleppte und dabei vor sich hinpfiff, und alle Einwohner waren vereist.

Iple hatte wirklich angefangen zu pfeifen. Er pfiff die Lieder, die Penelope auf ihrem Flügelhorn spielte, obgleich er sich nicht sicher sein konnte, sie gehört zu haben, und sich auch nicht sicher war, ob er wirklich pfiff, doch Penelope begann, ihn verdutzt anzustarren.

Nachdem er drei Tage geweint hatte, kroch Asa in Iples Iglu und stach dem schlafenden Iple mit dem Taschenmesser ein Loch in die Kehle.

13

Leben auf fremden Planeten

Es gibt eine Methode, um die Dinge zu verwirren. Ein entscheidender Knopf strudelt in den Abfluss der Spüle. Eine Sprache geht unter, wird zu Gebrabbel.

Iple fühlt sich besser. Seine Lieblingsschuhe vermisst er nicht. Jeden Abend wacht er mit seinem Gehirn wie mit einer Kristallkugel über die Welt der Lebenden. Er genießt es jetzt sehr, all die Sprachen zu verstehen, die Bantu-Sprachen, die Dialekte der Eulen, die Dialekte des Wassers. Über einen bestimmten Bach wacht Iple ganz besonders, da dieser alle Geschichten seiner Kaulquappen auf einmal erzählt.

Ein bestimmter Junge, der jeden Nachmittag am Ufer des Baches ein Nickerchen hält, sieht aus wie Iple früher aussah. Wenn der Junge aus seinem Nickerchen erwacht, fühlt er sich erfrischt und gut und kehrt wieder in die Welt zurück, um sich verwirren zu lassen.

Wenn jemand zu einer Reise aufbricht, kann man sich von dieser Person verabschieden, indem man sagt: »*In bocca al lupo*«, was bedeutet: »Reise im Rachen des Wolfes.« Wenn man einen Platz im Rachen des Wolfes ergattert, ist das der sicherste Ort überhaupt. Die Welt ist ja an sich schon so groß, dass es schwer fällt, nicht darin zu verschwinden. Aber wenn man reist, muss man auch noch die gewaltige Leere zwischen zwei Orten bedenken.

14

Iple und Benjamin

Bevor Asa dem schlafenden Iple mit dem Taschenmesser ein Loch in die Kehle stach, ging Benjamin mit Iple zu der Stelle, wo Iple das riesige, im Eis eingefrorene Geschöpf entdeckt hatte. Benjamin trug Schneeschuhe, die er vor zweiundsiebzig Jahren zum siebzehnten Geburtstag von seinem Vater bekommen hatte. Benjamin hatte am vierten Februar Geburtstag. An seinem siebzehnten Geburtstag war Benjamin gemeinsam mit seinem Vater in seinen neuen Schneeschuhen über die Schneewehen marschiert, und der Vater hatte Benjamin einen Schluck Brandy abgegeben, und es hatte in dicken, klumpigen Flocken geschneit, die so gemächlich gefallen waren, dass man ihnen beim Fallen hatte zuschauen können, und Benjamin hatte nicht genau gewusst, ob seine Wangen sehr kalt oder sehr heiß gewesen waren.

Diesmal hatte Benjamin eine orangene Flagge und einen Fleischklopfer aus rostfreiem Stahl dabei. Die Kapuze seines Anoraks war so weit zugezogen, dass sie fast sein ganzes Gesicht bedeckte. Seine Augen brannten und tränten, doch seine Wangen blieben warm. Benjamin hörte ringsumher ein tiefes, heulendes Pfeifen. Er hörte, dass der Horizont das Pfeifen zurückwarf. Zur Ablenkung sprach er mit Iple.

»Ich habe noch nie einen so leeren Himmel gesehen

wie hier in der Antarktis. Sobald man den Blick abwendet, hat man den Himmel vergessen. Man vergisst ihn so schnell, als gäbe es ihn gar nicht. Selbst wenn ich nachts wegschaue und versuche, mich an all die Sterne zu erinnern, erinnere ich mich an andere Sterne, nicht an die, die ich gesehen habe. Dir scheint das ja ganz gut zu gefallen. Penelope meint, es sei nicht so schrecklich, wie ich behaupte. Ich weiß nicht, wie lange ich noch auf dieser Welt bin, Iple.«

Benjamin legte zwischen jedem Satz eine lange Pause ein, um zu Atem zu kommen, und es überraschte ihn, wenn ihm wieder ein neuer Satz gelungen war.

»Iple, mir ist aufgefallen, wie du Penelope anschaust. Als sie fünf war, habe ich Klavier gelernt, um ihr das Spielen beibringen zu können, musst du wissen. Mit diesen Dingen kann man gar nicht früh genug anfangen. Musik, Sprachen, Feinmotorik, Denkvermögen. Man muss die neuralen Netze knüpfen, solange das Gehirn noch aufnahmefähig genug ist. Inzwischen begreift sie viel mehr als ich. Sie ist eine sehr hübsche, junge Frau geworden. Ich habe ihr das Flügelhorn gekauft, musst du wissen. Als sie vierzehn war. Mir ist aufgefallen, wie du sie anschaust, Iple. Sie zieht viele ungewöhnliche Blicke auf sich, aber dein Blick ist besonders ungewöhnlich, weil du selbst nicht bemerkst ...«

Benjamin erschrak ein wenig, als Iple ihn am Anorakärmel zupfte und auf das durchsichtige Eis zeigte.

»Himmel noch mal, Iple, du hast einen gottverdammten Dinosaurier entdeckt.«

15

Weshalb Penelope Mikrobiologin wurde

Ganz zu Anfang, als sie noch ein kleines Mädchen war, spielte Penelope gern Schach. Irgendwann gefielen ihr auch andere Spiele, Dame und Parcheesi und Monopoly und Go und Go Fish und Blackjack. Ihr gefielen Regeln, und sie dachte sich Regeln aus und merkte, dass es nicht immer die gleichen Regeln waren, die ein Spiel zu einem guten Spiel machten. Systeme gefielen ihr, und ihr gefielen die reine Mathematik und die Vorstellung, dass große und kleine Himmelskörper geordnet durch das Universum glitten. Sie stellte sich die Planeten und Quasare und Pulsare und Schwarzen Löcher gern als vornehme Genies vor, die die Gesetze der Mathematik im Schlaf beherrschten und sich daran hielten, weil sie auf keinen Fall Spielverderber sein wollten. Als ihr diese Vorstellung schließlich zu komisch wurde, versuchte sie, neue Spiele zu spielen, ohne vorher Regeln dafür aufzustellen, denn sie wollte sich urplötzlich mitten in den Regeln wiederfinden.

Als Penelope lesen lernte, gefielen ihr Detektivgeschichten. Die Regeln, die in den Detektivgeschichten galten, waren nicht mathematisch genug, um sofort durchschaut werden zu können. Dann lernte sie, das Ende der Detektivgeschichten vorherzusehen, und dann erkannte sie plötzlich alle Regeln, die darin galten. Im Anschluss las sie alles, und alles wurde zur Detektivgeschichte. Sie brauchte nur kleinste Hinweise, um vorhersehen zu können, was als Nächstes geschähe, und sie entwickelte einen guten Riecher. Manchmal war sie immer noch überrascht, und es gefiel ihr wahnsinnig gut, überrascht zu sein.

Penelope begann sich zu fragen, warum sie so wahnsinnig gern überrascht war. Also wurde sie zu einer Detektivin, die Hinweise nach dem Ursprung ihres Gehirns suchte, also suchte sie die Antwort auf diese Frage in kleinen und immer kleineren Dingen, denn sie wollte herausfinden, wann ein Ding nicht mehr nur aus einem Verbund von Atomen bestand und wann es zu einem Ding wurde, das Regeln lernen und Überraschung zeigen konnte, und dann suchte sie nach einem Zeichen von Freude über diese Überraschung. Manchmal war sie sich vollkommen sicher, irgendwann zu entdecken, dass auch Atome Überraschung zeigen konnten und sich darüber freuten, und wenn das geschähe, wäre ihr klar, dass genau dies die Antwort war, und wenn sie dann ein Buch über sich selbst läse, würde sie denken, dass sie als Detektivin eine ziemlich lange Leitung hatte und außerdem übervorsichtig war, um ja nicht auf eine falsche Fährte zu kommen, indem sie zu große Sympathien für die in die Ermittlung verstrickten Parteien entwickelte. So etwas passierte Detektiven nämlich manchmal.

Auch Benjamin wollte wissen, wie sein Gehirn entstanden war, aber die Menschen überraschten ihn immer wieder über die Maßen, und da ihm die Regeln, nach denen sie handelten, ein völliges Rätsel blieben, war er Verhaltenspsychologe. Das amüsierte und betrübte ihn zugleich, aber es tröstete ihn, dass er Penelope, als sie noch ganz klein gewesen war, Schach beigebracht und ihr die Detektivgeschichten gegeben hatte.

16

Zebedees Tag in Paris

Bevor Zebedee in die Tankstelle raste, war er in Paris. Er stand an einer Straßenecke, die Hände in den Taschen seines kamelbraunen Mantels. Am Himmel hing eine Wolke, und Zebedee beobachtete, wie sich in der Wolke ein Löchlein auftat, und dann beobachtete er, wie das Innere der Wolke durch dieses Löchlein entwich.

Zebedee ging zum Laden des Goldschlägers, ein Laden, der immer nach Lamm roch, da der Goldschläger täglich ein Lammsandwich zu Mittag aß. Einmal drang ein Dieb in den Laden des Goldschlägers ein, um das Gold des Goldschlägers zu stehlen, und der Goldschläger schnitt dem Dieb ein Ohr ab. Der Goldschläger wusch die blutige Schweinerei so gut es ging aus seinen Manschetten und aus dem Teppich, und was er von der blutigen Schweinerei nicht herauswaschen konnte, blieb, wo es war, und alle zehn Tage trug der Goldschläger sein Hemd mit den blutbefleckten Manschetten, und nicht einmal Narren versuchten, den Goldschläger zu bestehlen, und der Goldschläger war ein stets zu Scherzen aufgelegter, rundum glücklicher und lammsatter Goldschläger.

Der Goldschläger mochte alle Menschen, vor allem jedoch Zebedee, weil Zebedee mit dem Gold, das er beim Spielen gewonnen hatte, in den Laden kam und sagte: »Dieses Gold hier ist für Sie, und auf das andere Gold dort passen Sie bitte gut auf, und ich werde manchmal bei Ihnen vorbeikommen, weil ich ein Stück Blattgold brauche.« Zebedee kam einmal, manchmal auch zweimal im Jahr beim Goldschläger vorbei, und sie lächelten einander an und tauschten gut gelaunte Höflichkeiten aus, und der Goldschläger gab Zebedee ein Stück Blattgold. Und als Zebedee diesmal den Laden des Goldschlägers betrat, sagte Zebedee, dass ihn das Leben der Wolken immer wieder in Erstaunen versetze, und der Goldschläger sagte, er habe da etwas, das möglicherweise von Interesse für Zebedee sei, denn einer seiner Bekannten wolle etwas verkaufen, das Zebedee gefallen könnte, und ob Zebedee nicht vielleicht mit dem Mann reden wolle, und Zebedee sagte: Aber sicher.

Der Mann sagte: »Ich habe da eine kleine Schebecke, auf der ich im Frühling und im Sommer gern herumschippere.«

»Wie herrlich«, sagte Zebedee.

»Finde ich auch«, erwiderte der Mann, »aber sie hat eine Galionsfigur, eine sehr schöne Galionsfigur, die das Wasser nicht verträgt, ich habe sie immer sehr gemocht, aber jetzt, warum, weiß ich auch nicht, habe ich das Gefühl, sie loswerden zu müssen, und als ich dem Goldschläger davon erzählt habe, hat er sofort an Sie gedacht.«

»Dann sollten wir einen Blick darauf werfen«, sagte Zebedee. Er sah auf, und inzwischen war so viel vom Wolkeninneren entwichen, dass es im Grunde nur noch den reinen Himmel gab.

Sie fuhren zum Boot, und Zebedee nahm die Galionsfigur in Augenschein, und bei ihrem Anblick hatte er plötzlich einen Kloß im Hals und musste sich schneuzen, und dann weinte er. Er hatte damit gerechnet, weinen zu müssen, denn er hatte geahnt, dass die Galionsfigur eine Frau darstellte, die aufs Haar Charlotte gliche, doch die Figur glich Charlotte nicht aufs Haar, erinnerte aber an sie, oder vielleicht war es auch so, dass die Galionsfigur durch diese Welt hindurch direkt auf Charlotte schaute. Das war nicht die Wirkung, mit der Zebedee gerechnet hatte, doch es war eine starke, abergläubische Wirkung, die ihn zu Tränen rührte. Er kaufte die Galionsfigur, doch da er kaum etwas besaß, hatte er auch kein Haus, in dem er seine Habseligkeiten aufbewahrte, und deshalb kaufte er sich ein Haus, um die Galionsfigur dort aufbewahren zu können, und dort blieb sie, allein in seinem Haus, und er besuchte sie mindestens einmal pro Monat.

17

Wie sie den Dinosaurier aus der Antarktis fortschafften

Benjamin schlug die orangene Fahne mit dem Fleischklopfer dort ins Eis, wo der Dinosaurier eingefroren war. Er betrachtete ihn sehr lange. Er betrachtete ihn und sah dann fort, und dann schaute er wieder hin. Er sah jedes Mal lange fort und überlegte, auf welche Art seine Sinne ihn getrogen haben könnten, und dann sah er wieder hin, um zu überprüfen, ob seine Sinne ihn tatsächlich auf die vermutete Art getrogen hatten. Er kniff die Augen zu, bis sie nicht mehr brannten oder tränten und schaute wieder hin, um zu überprüfen, ob es sich diesmal um etwas anderes als einen Dinosaurier handelte.

Als Mädchen hatte sich Penelope von Benjamin gern zum Museum für Naturgeschichte mitnehmen lassen. Penelope mochte die Paläontologen, weil sie Detektiven glichen, die nicht genau wussten, welches Verbrechen sie aufklären mussten, aber trotzdem so sorgfältig vorgingen, als glaubten sie bedingungslos an die Kriminalität, an irgendein schweres, geheimnisvolles Verbrechen. Bei diesen Gelegenheiten sah Benjamin die rekonstruierten, von Oberlichtern erhellten Dinosaurierskelette. Er betrachtete sie von einer Bank aus, während Penelope systematisch jede Erklärungstafel las, und das Museum für Naturgeschichte murmelte vor sich hin. Er sah die hypothetischen Plastiknachbildungen der Dinosaurier in ihren riesigen, tropischen Dioramen, und es war eindeutig, dass es sich bei diesem Ding im Eis um einen Dinosaurier handelte. Das Eis war so glatt und klar, dass es schien, als gäbe es gar kein Eis. Wenn man daraufstand, hatte es den Anschein, als schwebte man, und so fühlte man sich auch. Benjamin erinnerte sich daran, seiner Frau zum dritten Hochzeitstag eine Lilie in einer Glaskugel gekauft zu haben, und er kam sich vor wie ein Spielzeug oder ein Stift, wie ein kleines und verlegtes und nur teilweise wiedergefundenes Ding.

Benjamin und Iple kehrten zum Iglu-Dorf zurück, und Benjamin sagte: »Dieser Junge hat einen gottverdammten Dinosaurier im Eis entdeckt.« Die Wissenschaftler diskutierten darüber und fragten Benjamin, ob er sich da auch ganz sicher sei, und Benjamin antwortete, Himmelnochmal, aber ja, er sei sich gottverdammt sicher.

Sie gingen alle zu Bett, und am nächsten Tag frühstückten sie und packten Proviantpakete mit Tunfisch-Sandwichs und mummten sich ein und begaben sich dorthin, wo Benjamin die orangene Fahne ins Eis geschlagen hatte, und alle sahen den Dinosaurier an und dann einander und dann wieder den Dinosaurier.

»Das ist ein Brontosaurier«, sagte Penelope. »Was für ein langer Schwanz.«

Benjamin sah zehn Minuten zum Himmel auf und dachte scharf nach. »Dieser gottverdammte, antarktische Himmel«, sagte er. Die Wissenschaftler standen herum und aßen ihre Tunfisch-Sandwichs.

Bei ihrer Rückkehr ins Iglu-Dorf lag Asa bewusstlos und mit Blut an den Händen und auf den Armen und im Gesicht im Gemeinschafts-Iglu, und Roy, der Fachmann für künstliche Intelligenzen, entdeckte Iple im Bett.

Roy benachrichtigte per Funk die Regierung über den Mord an Iple und über den Dinosaurier, und alle Wissenschaftler kehrten nach Hause zurück, nur Benjamin nicht, denn Benjamins Bruder war ein Ex-Präsident. Am Rand von Patagonien errichteten sie ein Labor für den Brontosaurier, und sie ließen besondere Hubschrauber kommen, um den Dinosaurier in einem riesigen Eiswürfel abzutransportieren, den sie zuvor ausgeschnitten und schwuppdiwupp aus dem Kontinent gehoben hatten. Das erforderte Berechnungen. Das erforderte Physiker, Paläontologen, Meteorologen, Ingenieure, Hubschrauber-Mechaniker, einen Ex-Präsidenten und einen Eagle Scout und einen Verhaltenspsychologen.

Benjamin hatte ein Funkgerät in seinem Iglu, um mit Penelope Kontakt halten zu können, die in Argentinien wartete. »Morgen heben wir das Ding schwuppdiwupp aus dem Kontinent. Du müsstest all die absurden Aufbauten sehen, die sie hier montiert haben. Sieht aus, als wären wir drauf und dran, über dem ganzen Planeten ein Zirkuszelt aufzurichten.«

18

Penelope in Argentinien

Penelope saß auf einem Gartenstuhl und trank Eistee, in dem eine dünne Zitronenscheibe schwamm. Die Wolken schichteten sich übereinander und neigten sich ein wenig zu Penelope. Als sie einen Schluck trinken wollte, klimperte das Eis in ihrem Glas, und die Grashalme rieben sich raschelnd aneinander. Penelope dachte über Mikroorganismen nach, über die winzigen Teilchen, die das Gras und den Wind und das Eis und das Glas immer wieder laut erklingen ließen, oder vielleicht waren es ja auch die Atome, die Atome von Gras und Eis, und die Mikroorganismen, erneut von der Erkenntnis überrascht, dass sie Atome waren, erklangen wieder, die Elektronen, fast gewichtslos, unbestimmbar, fast ein Nichts und die allerersten Anzeichen von Leben, sangen alle auf die gleiche Art vor sich hin, und außerdem sangen sie sich durch Penelopes Nervenbahnen nach oben, um diese herum und durch diese hindurch, sie war eine Detektivin, und wenn es tatsächlich die Elektronen waren, wenn sie es bewusst taten, dann hatten sie ein Motiv dafür, und worin mochte ihr Motiv bestehen.

Das Wetter war so blendend, dass man es gar nicht als Wetter bezeichnen konnte. Ein junger, bunter, schöner Vogel fiel aus dem heiteren Himmel und landete in Penelopes Tee.

19

Der Ex-Präsident

Der Ex-Präsident war sieben Jahre jünger als Benjamin. Benjamin brachte dem Ex-Präsidenten bei, seine Schuhe zu binden. Er brachte ihm zwei Arten bei, die Schuhe zu binden, und zwei Arten, einen Doppelknoten zu binden, und auch, wie man einen Doppelknoten in null Komma nichts aufbinden kann. Benjamin brachte dem Ex-Präsidenten alles bei, was der Ex-Präsident über Laufknoten weiß. Er brachte ihm bei, mit einem Gummiball und einem Stock Baseball zu spielen. Er brachte ihm bei, wie man den Stock halten muss, welchen Schritt man beim Schlagen tun und wie man den Stock wegwerfen und losrennen muss. Er brachte ihm bei, wie man in den zweiten Malhüter schlittern muss, um ein Doppelaus zu beenden, und wie man bei einem weiten Wurf den Wind mit einkalkulieren muss. Er brachte ihm bei, wie man pfeift und wie man auf zwei Fingern pfeift und wie man auf einem Grashalm pfeift. Benjamin brachte dem Ex-Präsidenten bei, wie man einen Apfel stiehlt und wie man eine Zigarre raucht und wie man Wein trinkt. Er brachte ihm bei, wie man einem Auto Benzin abzapft, ohne es zu verschlucken, und woran man erkennt, dass das Wetter umschlägt. Er brachte ihm bei, wie man mit einem Stein eine Fensterscheibe einwirft und wie man mit einem Stöckchen ein Schloss knackt. Er brachte ihm bei, wie man auf einer Kuh reitet. Er brachte ihm bei, wie man von einem Dach fällt. Er brachte ihm bei, wie man Mädchen bezirzt und wie man Jungs bezirzt, aber bitteschön nur im Notfall. Er brachte ihm bei, wie man etwas, das kleiner als die Hand ist, in der hohlen Hand verbirgt und wie man es unauffällig in der hohlen Hand verbirgt. Er brachte ihm bei, wie man die Gedanken abschweifen lässt. Er brachte ihm bei, wie man eine Apfelsine in einem Stück schält. Er brachte ihm bei, wie man ausrastet. Er brachte ihm bei, wie man einen Vogel fängt und rupft und ein Feuer macht und den Vogel brät. Er brachte ihm bei, wie man abbalgt. Er brachte ihm bei, wie man sich versteckt. Er brachte ihm bei, wie man einen Brief verschickt. Er brachte ihm bei, wie man einen Mann mit einem Schlag tötet und wie man ein Schnappmesser aufspringen lässt und wie man schießt und wie man zielt und wie man einen Molotow-Cocktail herstellt und wie man ihn wirft. Benjamin brachte dem Ex-Präsidenten bei, wie man den Mund hält und wie man herausfindet, was sich jemand am sehnlichsten wünscht. Er brachte ihm bei, wie man eine Schlange hält.

Der Ex-Präsident hatte eine grüne Iris und kleine Pupillen. Er hatte Haar, für dessen Farbe es keinen Namen gab. Er spielte in der zweiten Liga Baseball. Er brachte sich selbst bei, wie man mit dem Zug fährt und wie man auf einen fahrenden Zug springt. Er brachte sich bei, wie man küsst und wie man einen Martini mixt und wie man einen Manhattan mixt. Er brachte sich bei, wie man Zeitungsartikel schreibt. Er brachte sich bei, wie man sich das Wrack eines Zuges anschaut und im Anschluss einen Zeitungsartikel daraus macht. Er brachte sich bei, wie man langsam tanzt und wie man schnell tanzt. Er brachte sich bei, wie man ohne Waffe und nur mit einem Stift und einem Notizbuch und einem Helm in den Krieg zieht und daraus einen Zeitungsartikel oder ein Feature für eine Zeitschrift macht und davon lebt. Er brachte sich bei, wie man ein Boot fährt, nicht aber, wie man ein Flugzeug fliegt. Er hatte mehr Nichten und Neffen als jeder andere Ex-Präsident. Als er Präsident war, wurde er von allen geliebt. Er schaffte die Raumschiffe ab, nicht aber die großen Teleskope. Sogar die Astronauten liebten ihn, obwohl sie nichts mehr zu tun hatten, außer Schwimmen zu gehen und ihre Kinder großzuziehen.

20

Wo sie den Dinosaurier hinbrachten

Der Ex-Präsident war ein Meister der Geheimhaltung. Als er Präsident war, gab es einen Prinzen, und der Prinz wollte den Präsidenten töten. Der Präsident ließ den Prinzen verhungern, und nicht einmal der Prinz wusste, wer ihn verhungern ließ. Der Ex-Präsident hielt Dinge gern aus Spaß geheim, doch in diesem Fall war er der Ansicht, dass es gute Gründe dafür gab, den eingefrorenen Dinosaurier geheim zu halten. Daher nahm man keine Kameras mit in die Antarktis. Und anstatt in Argentinien ein Dinosaurier-Labor zu bauen, baute der Ex-Präsident ein Baseball-Stadion, das sich durch Solarzellen und Windräder selbst mit Strom versorgte, und unter dem Baseball-Stadion baute er ein Dinosaurier-Labor.

Er stellte aus Argentiniern ein Baseballteam zusammen, zu dem ein meisterhafter Shortstop gehörte. Der Shortstop hatte den Goldschläger zum Onkel. Er hatte die kupferfarbene Iris seines Onkels und einen dazu passenden Bart. Er spielte, als wären seine Finger durch ein Band mit dem Baseball verbunden. Er spielte ohne Handschuh, und er konnte mit beiden Armen werfen. Tänzer kamen vorbei, um ihm beim Spielen zuzuschauen, und die ganze Zeit drehten sich die schlanken Flügel der Windräder am Himmel hinter dem Außenfeld.

Tina, die Ärztin, traf ein und fuhr im riesigen Lastenaufzug nach unten. Der Ex-Präsident hatte einen riesigen Lastenaufzug installieren lassen, um den Dinosaurier heimlich hereinschaffen zu können. Im Dinosaurier-Labor gab es noch andere riesige Dinge. Riesige Apparate, die das Raumklima regulierten. Als Tina unten anlangte, war es dort ziemlich kalt, denn man war noch nicht so weit, dass man den Dinosaurier auftauen konnte. Sie zog sich sich ihre Fäustlinge an.

Der Dinosaurier schwebte in seinem gewaltigen Eiswürfel, und der Eiswürfel war von einem lila Überwurf bedeckt. Die Decke des Dinosaurier-Labors war doppelt so hoch wie der gewaltige Eiswürfel. Außer dem gewaltigen Eiswürfel und dem lila Überwurf und Tina und dem Ex-Präsidenten war das Dinosaurier-Labor leer. Der Fußboden war aus Beton und hatte einen kleinen Abfluss. Außerdem gab es eine Tür und ein großes Fenster, und im Raum hinter dem Fenster standen alle Geräte. Dort standen zwei topmoderne Computer und eine Zentrifuge und mehrere Lichtmikroskope und ein paar Petri-Schalen. Benjamin hatte auch einige Perserteppiche mitgebracht, weil er gern barfuß darauf ging. Bevor er sie mit nach unten nehmen durfte, musste Benjamin die Teppiche ordentlich ausklopfen lassen. Dann musste er sie bestrahlen lassen, damit darin nicht vielleicht noch irgendein kleines, gefährliches Ding lebte. Benjamin fand es großartig, dass seine Teppiche bestrahlt wurden. Er tat so, als nähme er die Sache todernst.

Den Raum mit dem Dinosaurier nannten sie »Dinosaurierraum«, und den Raum mit den vielen Geräten nannten sie »Geräteraum«. Sie betraten und verließen das Labor über eine lange Wendeltreppe durch den Geräteraum. Benjamin und der Ex-Präsident waren der Ansicht, dass das Treppensteigen sie fit hielte. Doch der Ex-Präsident fuhr mit Besuchern gern im riesigen Lastenaufzug nach unten, vor allem, wenn diese Besucher zum ersten Mal zu Besuch waren. Er hielt das für beeindruckend, und es gefiel ihm außerordentlich, Leute zu beeindrucken.

Während Tina den Überwurf lüpfte und sich den gewaltigen Eiswürfel anschaute, erzählte ihr der Ex-Präsident von den Sicherheitsvorkehrungen und davon, dass man sie genau im Auge behalten werde, ihr jedoch gleichzeitig vertraue, und dass es für ihn in Ordnung sei, ihr zu vertrauen. Dann erzählte er ihr, dass er nur ungern Menschen töte, aber manchmal von Menschen gezwungen werde, sie zu töten, und dass ihn das ärgere. Er sagte, was ihn am meisten ärgere, sei die Tatsache, dass er diese Menschen meist sogar davor gewarnt habe, ihn besser nicht zu zwingen, sie zu töten, doch sie hätten nicht auf ihn gehört und einfach weitergemacht. Das ärgere ihn maßlos, weil es sich sehr oft um Menschen gehandelt habe, die ihm sympathisch gewesen seien, und er wünschte, diese Menschen wären so klug gewesen, auf ihn zu hören. Daher sagte er zu Tina: »Tina, ich finde dich sympathisch, und ich werde dir vertrauen müssen, und es ist für mich in Ordnung, dir zu vertrauen. Ich vertraue dir dieses Geheimnis an. Es ist ein Geheimnis. Meinst du, dass du ein Geheimnis hüten kannst?«

Tina sah unverwandt den gewaltigen Eiswürfel an und nickte. Dann sah sie den Ex-Präsidenten an und nickte noch einmal, und sie lächelte leise. Der Ex-Präsident sagte: Okay, und er führte sie in den Geräteraum. Tina fand den Ex-Präsidenten irgendwie süß.

21

Dies und das über Tina

Tina schnitt sich die Haare am liebsten selbst. Sie hatte eine große Schere mit orangenen Griffen, die sie in einer Schreibwarenhandlung gekauft hatte und für alles Mögliche benutzte. Mit der Schere mit den orangenen Griffen öffnete sie Briefe und mit Klebeband versiegelte Pappkartons und die Folie oben auf Dosen mit Erdnussbutter und Tüten mit Käse und Parmesan für Makkaroni. Sie kürzte damit ihre alte Bluejeans. Wenn sie ihr Schnürband nicht aufbekam, schnitt sie den Knoten mit der Schere mit den orangenen Griffen ab. Sie schnitt damit den Rasen, wo sie mit dem Rasenmäher nicht hinkam, zum Beispiel rund um die Schaukelpfosten, und sie schnitt sich damit die Haare. Beim Haareschneiden schaute sie nicht in den Spiegel. Sie ging ins Badezimmer und knipste das Licht aus und zog sich aus und schnitt sich die Haare im Dunkeln. Sie schnitt sich die Haare kurz, und sie schnitt sie ungefähr alle drei Monate, und wenn sie so dastand, ihr Haar in der rechten Hand und die Schere mit den orangenen Griffen in der linken Hand, wenn sie das Geräusch hörte, mit dem die Schere die Haare schnitt, und wenn sie spürte, wie die abgeschnittenen Haare ihre Schultern streiften, dann hatte sie fast das Gefühl, als wäre es irgendwie heilig.

Tina war Linkshänderin, und deshalb war die Schere mit den orangenen Griffen eine Schere für Linkshänder. Sie packte sie mit ein, wenn sie in Urlaub fuhr. Sie packte sie mit ein, als sie zum Iglu-Dorf aufbrach. Nachdem Wes sich den Arm abgetrennt hatte, kappte sie mit der Schere mit den orangenen Griffen sein Hemd.

Tina ist vielleicht die beste Cyrobiologin überhaupt. Bevor sie zum Iglu-Dorf aufbrach, hatte sie alle möglichen Tiere eingefroren und im Anschluss wiederbelebt. Sie fror Mäuse ein und Chinchillas und Kaninchen und Hunde, einen Präriehund, ein Schwein, doch am häufigsten fror sie Affen ein, Paviane und Gorillas und Schimpansen und einen Orang-Utan. Sie wurde so gut, dass niemand mehr zwischen einem Affen unterscheiden konnte, den sie eingefroren hatte, und einem Affen, den sie nicht eingefroren hatte. Wenn man einen Affen methodisch nicht hundertprozentig korrekt einfriert und auftaut, verhält er sich nach dem Auftauen etwas merkwürdig. Tina nannte dieses Verhalten Tagträumerei. »Seit ich Lena aufgetaut habe«, erzählte sie ihrer Mutter, »träumt sie oft in den Tag hinein.« Doch Tina wurde zu einer Virtuosin der Cyrobiologie. Nach dem Auftauen leuchteten die Augen ihrer Affen wie zuvor, und sie träumten nicht öfter in den Tag hinein als andere Affen.

Im Iglu-Dorf fror sie die Tiere einfach draußen in der Kälte ein. Sie ließ ein Meerschweinchen in einer offenen Schuhschachtel vor der Tür stehen. Die Augen der Tiere, die sie im Iglu-Dorf einfror und auftaute, leuchteten am Ende alle ganz anständig. Doch Wes hatte sie nicht auftauen können. Und sie hatte nie etwas Größeres als einen Gorilla eingefroren. Sie sagte dem Ex-Präsidenten, dass sie nicht wisse, ob sie bei dem Dinosaurier Erfolg haben werde. Der Ex-Präsident besorgte ihr einen Elefanten zum Üben, und der Elefant taute prächtig auf. Sie sagte dem Ex-Präsidenten, dass die Sache mit dem Dinosaurier ziemlich gut aussehe und dass sie sehr zuversichtlich sei.

22

Penelope an ihrem Mikroskop

Als Penelope zwölf Jahre alt war, kaufte ihr Benjamin das erste Mikroskop. Sie zerbrach der Reihe nach fünf Plättchen, weil sie das Objektiv zu tief hinunterdrehte, und sie erschrak jedes Mal. Dann gelang es ihr, das Objektiv scharf zu stellen, und sie betrachtete eine Woche lang alles, was ihr ein Glas Teichwasser zu bieten hatte. Es war Sommer, und Penelope wurde von ihrer Mutter überredet, draußen auf der Veranda in ihr Mikroskop zu schauen. Sie aß Sandwichs mit Erdnussbutter und Marmelade und geschnittene Möhren und starrte in ihr Mikroskop. Sie betrachtete Marmelade durch ihr Mikroskop, und dann betrachtete sie Erdnussbutter. Sie nahm eine tote Fliege von der Fensterbank und zerschnitt sie mit einer Nagelschere und betrachtete sie. Mit einem Rasiermesser schnitt sie einen hauchdünnen Streifen Möhre ab, den sie ebenfalls betrachtete. Sie lernte, von allem und jedem hauchdünne Scheiben zu schneiden. Sie lernte, einen Grashalm zu rasieren.

Nun betrachtete Penelope durch das Mikroskop eine Probe Dinosaurierblut. Nun berührte sie das Mikroskop im Grunde gar nicht mehr, wenn sie es berührte. Sie berührte es so, als gehorchte es ihrem leisesten Wink. Sie betrachtete das Dinosaurierblut unter dem Mikroskop, und das Blut sah aus wie ganz gewöhnliches Menschenblut. Penelope suchte den ganzen Tag nach etwas, das dieses Blut von gewöhnlichem Blut unterschied. Dann aß sie eine Kaffeebohne und trank ein Glas Wasser.

23

Der Shortstop

Den argentinischen Shortstop, der im Stadion über dem Dinosaurier-Labor Baseball spielte, hatten alle ins Herz geschlossen. Die Leute hatten ihn so sehr ins Herz geschlossen, dass sie ihn nicht einmal wegen eines Autogramms belästigen mochten und auch nicht anhielten, um sich mit ihm fotografieren zu lassen, ja nicht einmal, um ihm zu sagen, wie sehr sie ihn ins Herz geschlossen hatten. Sie lächelten einfach nur und nickten oder sagten Hallo oder tippten sich an den Hut oder taten so, als tippten sie sich an den Hut, und die Damen im Rock machten einen Knicks oder taten so, als machten sie im Rock einen Knicks, oder sie taten so, als bemerkten sie den Shortstop gar nicht, so sehr hatten sie ihn ins Herz geschlossen, und wenn er ging, sagten sie: »Das war der Shortstop«, und wenn sich ausnahmsweise einmal jemand nach seinem Befinden erkundigte, erwiderte er stets: »Danke, es geht mir gut.«

Der Shortstop war abergläubisch und sagte immer nur: »Danke, es geht mir gut«, wenn sich jemand nach seinem Befinden erkundigte. Jeden Morgen trank er Grapefruitsaft. Jeden Abend ging er nach dem Verlassen des Stadions zum Obststand und kaufte vier Grapefruits, die er am Morgen darauf für ein Glas Grapefruitsaft auspresste. Dass der Obststand noch aufgehabt hatte, als der Shortstop eines Abends zum ersten Mal dorthin gegangen war, war reiner Zufall gewesen, und nun hatte er immer auf, bis der Shortstop kam, um seine Grapefruits zu kaufen. An manchen Abenden ging der Obst-und-Gemüse-Mann heim zu seiner Familie und ließ die vier Grapefruits in einer Kiste vor dem Stand stehen. Jeden Morgen presste sich der Shortstop ein Glas Grapefruitsaft aus, und bevor er ihn trank, leckte er die Grapefruitschalen ab und warf sie im Anschluss aus seinem Fenster ins hohe Gras. Dann zupfte er sich ein Haar aus und trank es mit seinem Grapefruitsaft. Er tippte zweimal auf jede Türklinke, bevor er sie drückte. Er wedelte immer zweimal mit einer Socke, bevor er sie anzog. Er ging jeden Mittag nach Hause und schüttelte sein Kopfkissen aus. Wenn ihm ein neuer Gedanke kam, holte er zweimal tief Luft, bevor er ihn aussprach. Jeden Abend wartete er, bis das Stadion leer war, und dann ging er aufs Spielfeld und legte sich ins dichte, dunkle Gras des Außenfeldes, um zu spüren, wie die Erde immer kälter wurde und wie der Himmel der Erde die Wärme entzog, und dann drosselte er seine Sinneswahrnehmungen so weit, bis er ein Beben im Erdinneren spüren konnte. In Wahrheit wurde das Beben von den riesigen Apparaten verursacht, die im Dinosaurier-Labor das Raumklima kontrollierten, aber der Shortstop lauschte mit gespitzten Ohren, bis er das Gefühl hatte, aufzuklicken wie ein Schloss. Dann verließ er das Stadion, um seine Grapefruits zu besorgen.

24

Sie legen los und tauen den Dinosaurier auf

Es gab nicht so viele Möglichkeiten, mit einem eingefrorenen Dinosaurier umzugehen. Zuerst tauten sie den Eiswürfel ab, der ihn umgab. Dann stand er einfach so im Dinosaurierraum, ganz wie ein echter Dinosaurier, nur eben gefroren. Der Brontosaurier war wunderschön, und zwar nicht nur, weil er der letzte seiner Art war oder weil er in seiner Eisesstarre einem Denkmal glich oder weil im gefrorenen Zustand fast alles wunderschön ist. Nein, selbst in den Zeiten, als es von Dinosauriern nur so wimmelte, darunter manches prächtige Exemplar wie zum Beispiel der Stegosaurus mit seinen doppelten, bugartigen Reihen von Plättchen und dem Stachelgefieder auf dem Rücken, selbst damals war der Brontosaurier der allerschönste Dinosaurier, weil er diesen vergleichsweise kleinen, weit vom Körper entfernten Kopf und den unmerklichen Überbiss hatte und außerdem diese velourlederweiche Haut an Nacken und Bauch. Wenn die anderen Dinosaurier beschlossen, einen Brontosaurier zu töten, beweinten sie diesen und schwiegen, bis es so weit war, und danach schwiegen sie weiter, und manche vergossen sogar weiter Tränen, und sie schliefen ziemlich schlecht, weil sie ein so schönes Tier gefressen hatten, und selbst für einen Brontosaurier, ob eingefroren oder nicht, handelte es sich bei diesem Weibchen, das da reglos im Dinosaurierraum stand, um einen wunderschönen Brontosaurier. Am liebsten hätte Tina ihr ein paar hübsche, dicke Wimpern aufgesetzt.

Stattdessen entnahm sie dem wunderschönen Unterschenkel des Dinosauriers ein paar Chromosomen, damit Penelope sich die Desoxyribonukleotide anschauen konnte. Damit war die Sache erledigt. Nun konnten sie ihn nur noch auftauen. Der Ex-Präsident meinte, das komme furchtbar plötzlich. Er ließ sich gern Zeit, vor allem, wenn es sich um etwas so Besonderes handelte. Aber nun gut.

»Nun gut«, sagte der Ex-Präsident. Er rieb sein Kinn. Dann verschränkte er die Arme vor der Brust. Dann krümmte er sich. Dann seufzte er und sah sich um. Dann sagte er: »Gut, also dann«, und sie legten los und tauten den riesengroßen, wunderschönen Dinosaurier auf, und auch das ging ruckzuck.

Sie standen im Geräteraum und schauten durch das Fenster in den Dinosaurierraum, und der Dinosaurier schien einfach langsam in sich zusammenzusinken, er sank langsam und sanft und träumerisch auf den Fußboden, als ließe er sich sehr sachte für ein kleines Nickerchen nieder. Tina dachte, dass dem Dinosaurier eine Nachtmütze stünde. Außerdem dachte sie bei sich: »Das ist kein lebendiger Dinosaurier.«

Nachdem sie den Elefanten aufgetaut hatten, war dieser sofort zu einem kleinen Spaziergang durch das Labor aufgebrochen. Doch der Dinosaurier lag so schlaff auf dem Fußboden wie ein wundersamer Sack Kartoffeln. Der Ex-Präsident und Benjamin und Penelope betrachteten den auf dem Fußboden liegenden Dinosaurier und dachten bei sich, dass es kein lebendiger Dinosaurier sein konnte. Benjamin rieb seine nackten Fußsohlen auf dem bestrahlten Perserteppich.

Das Brontosaurier-Weibchen lag da und träumte einen langen, wirren, fantastischen Traum. Sie träumte ihren Namen. Anfangs war ihr Name im Traum nur so schwach vernehmbar, als brummte ihn eine Hummel. Eine Hummel mit vollem Mund. Trotzdem war ihr klar, dass sie gerade dabei war, sich an ihren Namen zu erinnern, und sie träumte einfach weiter und wartete darauf, dass ihr Name sich klärte und so nahe käme, dass sie ihn im Randbereich ihrer Träume halten konnte, und sie erinnerte sich daran, wie es gewesen war, ihren Namen zu halten, und sie zog ihn dichter zu sich heran, bis sie ihn erkennen konnte, und sie erkannte ihn immer besser, und sie erinnerte sich an seine Geheimnisse, seine früheren Verstecke, seine Finten und auch daran, wie sie ihn verinnerlichen konnte, und sie fragte sich im Traum, ob sie ihn nun einfach verinnerlichen sollte oder nicht, und sie erinnerte sich an sich selbst und daran, wie es gewesen war, mit ihrem Namen zu leben, und sie versuchte, sich zu erinnern, ob sie nicht doch einen anderen Namen gehabt hatte, aber nein, dies war ihr Name, er war unwiderstehlich, sie mochte ihn sehr, und sie träumte ihn wieder herbei, und sie rief sich zu: »Sieh da, Isabella«, und sie antwortete sich mit: »Ja, Isabella.«

Isabella brauchte eine ganze Woche für ihren Traum. In dieser Woche machte der Ex-Präsident ein Nickerchen und träumte von seinem Namen. Er träumte, dass er flirtete und einen Tango tanzte und zu einer Dame sagte: »Nennen Sie mich bitte Harry.« Die Dame lächelte und errötete und senkte den Blick. Er wusste, dass sie es nicht tun konnte, sie konnte ihn unmöglich Harry nennen, und sein Gesicht fühlte sich plötzlich so schwer an, als müsste er weinen. Bei der Dame handelte es sich um Valentina Wladimirowna Tereschkowa, die erste Frau im Weltraum.

25

Penelopes Entdeckung

Penelope verstand sich unter anderem auf die Untersuchung von Genen. Wie schon erwähnt, sah Penelope sich selbst als Detektivin, und bei den Genen handelte es sich stets um nahe liegende und verlässliche Hinweise, wenn auch um solche, die das wahre Geheimnis nicht lüfteten, sondern nur Antworten auf Randfragen gaben. Daher fand sie die Gene etwas langweilig. Exotischere Indizien wären ihr lieber gewesen. Lieber hätte sie das Schräubchen der Brille eines Toten aus ihrer Minestrone gefischt oder entdeckt, dass der Chauffeur einen Krummsäbel unter seiner Matratze versteckte.

Bei einer Gen-Untersuchung folgte Penelope einer komplizierten Methode, die mit viel Herumgewirbel im Labor verbunden war, mit Zentrifugen und Proben im Reagenzglas und so weiter und so fort, und während sie die Zentrifuge rotieren ließ, dachte sie, dass jeder Mensch im Leben nur ein oder zwei Mal etwas Großes vollbrachte oder dass jeder Mensch in seinem Leben ein oder zwei Mal etwas Großes vollbrachte, nur leider das völlig Falsche, ein Unfall oder eine zufällige Geste. Penelope dachte an ihren Großonkel Harry, den Ex-Präsidenten. Harry hatte einen Sohn namens Louis, und Louis war klug und wachte immer um halb sechs Uhr morgens auf und putzte sich die

Zähne und spielte eine Partie Schach gegen sich selbst, und er brachte die Menschen dazu, sich zu entspannen, ohne dass sie es merkten. Er redete nie schnell. Seine Augen wirkten nie so, als betrachtete er etwas Bestimmtes, und abends kam er heim und legte Musik auf und tanzte dazu durchs Wohnzimmer. Manchmal brachte er eine Tanzpartnerin mit nach Hause, ein Mädchen aus der Schule oder die Frau aus der Drogerie, die noch Schürze und Namensschild trug, oder auch Penelope, und als sie vier oder fünf Jahre alt gewesen war, hatte er sie auf die Knie genommen und mit ihr getanzt.

Eines Morgens hatte Harry dann ein komisches Gefühl, und er ging zu Louis und sagte ihm, er solle heute besser nicht zur Schule gehen, denn es sei ein Tag ohne Luftfeuchtigkeit, die Luft sei goldrichtig zum Atmen, und er gab Louis ein paar U-Bahn-Tickets und zerzauste ihm das Haar, und Louis lächelte und sah schräg an Harry vorbei und sagte: »Schön. Also gut«, und er ging zur Tür hinaus und verschwand, und in gewisser Weise war dies die einzige Großtat im Leben des Ex-Präsidenten.

Die Zentrifuge piepte und stoppte, und Penelope holte die Dinosaurier-Gene heraus und arbeitete noch ein bisschen daran. Als sie sie schließlich richtig im Blick hatte, stellte sie fest, dass nichts damit stimmte. Sie waren hundert Mal so groß wie die Gene eines normalen Menschen.

26

Interviews mit dem Shortstop

Der Shortstop hatte eine besondere Begabung für Interviews. Er beantwortete jede Frage außerordentlich langsam, damit seine Antwort auch ja nicht zerbrach, wenn er sie gab. In seiner Vorstellung war jede Antwort eine sehr zerbrechliche Teetasse, die er einem Reporter reichte. Doch die Reporter stellten immer die gleiche Frage. Sie fragten immer, wie er das getan habe, was er an jenem Tag getan hatte.

Trotzdem nahm er die Frage jedes Mal ernst, und seine Antworten glichen einander nur selten. Einmal antwortete er den Reportern: »Meine Mutter hatte kein Geld für Spielzeug, und daher war mein einziges Spielzeug ein Baseball, der am Tag, als ich aus dem Krankenhaus kam, durch unser Fenster klirrte. Meine Brüder versuchten sofort, ihn mir zu stehlen. Daher lernte ich rasch, ihn zu verstecken. Es nutzte nichts, einfach nur aufzupassen und ihn an mich zu drücken, denn ich hatte viele Brüder, und sie wären mir über gewesen. Also wurde ich wagemutig. Ich gewöhnte mich daran, wegen meines Balles angegriffen zu werden. Ich freute mich sogar darauf. Ich lernte, meine Brüder auszutricksen, indem ich ihre Aufmerksamkeit auf mich lenkte, wenn es eigentlich um den Ball ging, und auf den Ball, wenn es eigentlich um mich ging, und wenn sie mich dann nicht mehr beachteten, überraschte ich sie irgendwie. Ich überlegte, dass es nützlich sein könnte, auch den Ball zu überraschen. Aber man kann den Ball nicht überraschen. Jedenfalls kann ich ihn nicht überraschen. Meiner Ansicht nach bemerkt er alles.«

Ein anderes Mal antwortete er: »Ich weiß wirklich nicht, ob das, was ich tue, so überragend ist. Heute hat der Junge mit dem Schläger ein paar regelrechte Großtaten vollbracht, die keinem von Ihnen aufgefallen sind.«

Ein anderes Mal: »Wenn ich kein Baseball spiele, mache ich jede Menge Fehler. Ich lasse kostbare Sachen fallen. Ich beleidige Fremde. Ich irre stundenlang umher. Daher fürchte ich micht nicht vor Fehlern auf dem Spielfeld. Schwer zu sagen, ob es besser wäre, nicht mehr als Shortstop zu spielen und dafür im Alltag weniger Fehler zu machen oder umgekehrt. Andererseits habe ich die leise Ahnung, dass ich so lange weiterspielen muss, bis ich diese Frage mit Sicherheit entscheiden kann.«

Einmal schien ein Reporter ziemlich wütend auf ihn zu sein und fragte ihn fast verächtlich: »Woher nehmen Sie nur das Selbstvertrauen, all die Dinge zu tun, die Sie auf dem Spielfeld tun?«

Die anderen Reporter lachten leise und unangenehm berührt, doch der Shortstop blieb ernst, und er sagte: »Ich bin mir nie wirklich sicher, ob ich diese Dinge tun kann.«

An dem Abend, als Isabella im Labor unter dem Stadion aufgetaut worden war, sagte ein Reporter zu ihm: »Sie haben das Triple Play im dritten Inning umgedreht, bevor die Läufer oder gar die Schiedsrichter kapiert hatten, was los war. Wie konnten Sie so schnell denken?«

Der Shortstop antwortete: »Manchmal bilde ich mir ein, einer Stimme zu lauschen, die man heimlich in die Atmosphäre eingenäht hat, und ein Ohr auf eine der Nähte gelegt zu haben, die diese Stimme dämpfen. Ich lausche ihr, aber ich verstehe sie nie gut genug, um mit Sicherheit sagen zu können, ob sie wirklich existiert und ob da tatsächlich etwas in die Atmosphäre eingenäht ist.«

Der Shortstop beantwortete immer wieder die gleiche Frage. Nachdem ihn eine Antwort ziemlich geschafft hatte, stand er auf und sagte ausgesucht höflich: »Ich bitte um Nachsicht, sehr verehrte Damen und Herren, aber ich weiß wirklich nicht, wie oft ich Ihre Frage noch beantworten kann.«

27

Iples Messer

Im Jenseits waren Messer verboten, doch Iple hatte eines mit eingeschmuggelt, ein wunderschönes, schweres Balisong-Messer, das er versonnen zwischen den Fingern wirbeln ließ wie eine Majorette ihren Stock, er ließ es wirbeln und dabei aufschnappen und zuschnappen und aufschnappen …

Iple hatte geduldig einen Trick mit dem Balisong-Messer geübt, und diesen Trick führte er am liebsten einem neuen Bekannten vor. Man stellte sich einander vor, und wenn das Gespräch zum ersten Mal ins Stocken kam, zeigte Iple der betreffenden Person immer sein Balisong-Messer. Wenn er die Hand öffnete, um das Messer zu präsentieren, das auf seiner Handfläche lag, war der neue Bekannte meist ziemlich verdutzt, und manchmal fragte er auch: »Wo hast du denn das Messer her? Messer sind hier doch verboten.« Im Anschluss versuchte der neue Bekannte, Iples Messer zu beschlagnahmen, um es den zuständigen Behörden zu übergeben. Im Jenseits ist jedes noch so kleine Anzeichen für Aufruhr, Mord und Todschlag tabu.

Doch wenn die betreffende Person Anstalten machte, nach dem Messer zu greifen, hob Iple einen Finger, trat einen Schritt zurück und zog eine Augenbraue hoch, als wollte er sagen: »Ich verstehe deine Besorgnis, aber wenn du dich ein bisschen geduldest, zeige ich dir, dass es sich hier um einen harmlosen Gegenstand handelt. Schließlich bin ich kein Ungeheuer. Sehe ich etwa aus wie ein Ungeheuer?« Diese Gesten Iples besänftigten in den meisten Fällen die Ängste des neuen Bekannten, jedenfalls vorübergehend.

Dann legte Iple die Hände zusammen, zwischen denen das Messer lag, und er schüttelte die Hände, als wollte er das Messer schütteln, das darin verborgen war. Dann streckte er die Hand wieder aus. Das Messer lag immer noch auf seiner Handfläche. Iple sah den neuen Bekannten an, der das Messer ansah. Dann hob der neue Bekannte unvermeidlich den Blick und sah Iple in die orangenen Augen. Dann sah Iple wieder auf das Messer, wie um den neuen Bekannten anzuweisen, auch das Messer anzusehen. Und dann verwandelten sich die zwei aufgeklappten Griffe des Balisong-Messers vor den Augen des neuen Bekannten in Schmetterlingsflügel, und die Klinge verwandelte sich in den Körper eines Schmetterlings. Das Messer verwandelte sich mirnichts, dirnichts. Man konnte der Verwandlung zusehen. Und dann befahl Iple dem Schmetterling mit einer Kopfbewegung, davonzufliegen, und der Schmetterling flatterte auf und flog davon. Dieser Trick entlockte jedem neuen Bekannten immer einen Ausruf des Entzückens.

Doch den entscheidenden Teil des Tricks offenbarte Iple nie, und er bestand darin, dass sich das Balisong-Messer weiter in seine Handfläche schmiegte und darauf wartete, dass der oder die neue Bekannte ihres oder seines Weges ging, und wenn das geschehen war, ließ Iple das Messer wieder wirbeln und dabei aufschnappen und zuschnappen, aufschnappen und zuschnappen … sein treues, verbotenes Messer, und es wirbelte durch die Luft, was wahrhaft himmlisch aussah.

28

Isabella im Labor

Als Isabella aus ihrem Namens-Traum erwachte, gab Tina Isabella gerade eine Spritze. Als schließlich alle begriffen, dass die aufgetaute Isabella ein recht lebendiger Dinosaurier war, staunten sie nicht schlecht. Bevor sie dies begriffen, hatte Isabella so hoffnungslos unlebendig gewirkt, dass niemand geglaubt hatte, sie könnte lebendig sein. Benjamin hatte gesagt: »Was für ein sagenhaft teurer, prähistorischer Klumpen Aas.« Harry, der Ex-Präsident, hatte nichts gesagt.

Tina bebte vor Angst. Sie hatte das Gefühl, den Mund voller Rasierklingen zu haben. Sie stieß hervor: »Lasst mich mal schauen«, und sie rannte in den Dinosaurierraum. Sofort fühlte sie sich ein bisschen besser, erleichterter. Sobald sie dicht vor Isabella stand, konnte sie das Leben spüren, das im Dinosaurier pulsierte, anfangs ruckelnd, dann immer glatter und glatter, und schließlich pulsierte das Leben gleichmäßig durch Isabella. Tina hielt gern die Luft an, um dieses Gefühl wenigstens ansatzweise nachempfinden zu können, wenn sie wieder Luft holte, das Gefühl, dass ihr Leben gleichmäßig pulsierte.

Vom Geräteraum aus gesehen, wirkte Isabella immer noch wie ein lebloser Klumpen, doch aus der Nähe konnte Tina spüren, dass sie schnurrte wie ein riesiges Wunderwerk von Maschine.

»Wir haben einen lebendigen Dinosaurier«, rief sie.

Da Isabella nicht erwachte, begann Tina, ihr eine Reihe von Spritzen zu geben, und alle schauten zu und hofften und bangten, und der Ex-Präsident fragte sich, wie lange er wohl warten müsse, bis dieser komatöse Brontosaurier erwachte, und dann, als Tina ihr noch eine Spritze gab, erwachte Isabella.

Sie erwachte benommen und ruhig und glücklich aus ihrem Traum, und sie erschrak nicht, als sie Tina erblickte, die ihr eine Spritze ins Bein gab, und sie erschrak auch nicht beim Anblick des Dinosaurierraums, und als sie schließlich so wach war, dass sie sich hätte erschrecken können, da hatte Isabella das Gefühl, als wäre es zwecklos, sich jetzt noch aufzuregen. Allerdings hatte sich Isabella niemals aufgeregt. Isabellas Mutter hatte immer gesagt, Isabella sei eine Seele von Brontosaurier.

»Als Isabella geschlüpft war, blinzelte sie zweimal großäugig und schaute sich um, und dann sah sie mich an und lächelte, als wären wir alte Freunde. Sie gab keinen Mucks von sich«, hatte ihre Mutter immer erzählt.

29

Abschied von Tina

Das Erwachen Isabellas bedeutete das Ende von Tinas Arbeit beim Dinosaurier-Projekt. Tina hatte mit dem Auftauen des Dinosauriers hervorragende Arbeit geleistet. Die Sache war spannend gewesen, und dafür bedankte sich Benjamin bei ihr. Es gefalle ihm ausgezeichnet, sagte er, dass die Sache so spannend gewesen sei, und man werde ihr ein Konto einrichten und ihr regelmäßig Geld überweisen, und sie solle bitte an das Gespräch mit dem Ex-Präsidenten denken, in dem dieser darauf hingewiesen habe, wie wichtig es sei, die Sache geheim zu halten. Dann schenkte er ihr zur Feier ihres Abschieds ein Glas Champagner ein.

Tina kehrte nach Hause zurück und hängte die Cyrobiologie an den Nagel. Tinas Mutter wollte wissen, warum sie die Cyrobiologie auf einmal an den Nagel hänge, denn Tina habe die Cyrobiologie doch immer so gemocht.

»Oh«, sagte Tina zu ihrer Mutter, »man hat einfach langsam das Gefühl, immer wieder die gleiche Maus aufzutauen.«

»Und was ist mit dem Elefanten, den du aufgetaut hast?«, fragte ihre Mutter. »Das war doch regelrecht spektakulär. Weißt du, inzwischen genieße ich es sehr, den Leuten von deiner Arbeit zu erzählen.«

Der Ex-Präsident erwog, Tina durch einen vorgetäuschten Unfall zu beseitigen, damit sie nicht aus Versehen einem Journalisten oder Spion vom Dinosaurier erzählte. Wäre er jünger gewesen, wäre er noch Präsident gewesen, dann hätte er das bestimmt getan, aber inzwischen machte er sich weniger Sorgen. Daher überwies er Tina weiter Geld auf das Konto und verlor sie aus den Augen.

Als er das letzte Mal nach ihr schaute, hatte sie sich in ihrem Keller eine kleine Dunkelkammer eingerichtet, und fotografierte ihr Haus. Manchmal räumte sie ein Zimmer zehn bis zwölf Mal am Tag um und fotografierte es in jeder Variante. Manchmal schleppte sie alle Möbel auf den Hof oder rollte ihr Sofa durch den Schnee und machte dann viele Fotos davon. Manchmal mietete sie einen Hubschrauber, um ihr Haus aus der Luft fotografieren zu können. Manchmal legte sie alle Teppiche auf das Dach und fotografierte sie im Anschluss vom Dach des Nachbarhauses.

Schließlich hängte sie auch das Fotografieren an den Nagel, und bald darauf verschwand sie spurlos. Niemand weiß so recht, ob sie einen plötzlichen Unfall oder einen endlos langen Unfall hatte und auf diese Weise von der Welt abtrat, oder ob sie in den Ozean sprang und auf diese Weise von der Welt abtrat, oder ob sie sich selbst einfror, um später, nach dem Auftauen, einen ganz neuen Blickwinkel zu haben, aus dem sie ihr Haus fotografieren konnte.

30

Was Isabella bei sich dachte, als sie wieder zum Leben erwachte

Hinsichtlich dessen, was mit ihrem Körper geschehen war, war Isabella nicht besonders verwirrt. Sie hatte nicht den Eindruck, soeben aus einem ganz normalen Mittagsschlaf erwacht zu sein. Sie versuchte, ihre letzten Erinnerungen wachzurufen, und diese Erinnerungen sagten ihr, dass sie durch die Bitterkälte getrottet war und geglaubt hatte, in Kürze erfrieren zu müssen. Sie erinnerte sich daran, wie lange sie gebraucht hatte, um zur Antarktis zu schwimmen, und bei diesem Gedanken musste sie lächeln. Damals hatte es keinen schönen, stillen, friedlichen Moment gegeben, in dem Isabella zufrieden an diesen Schwimm-Triumph hatte denken können. Alle anderen Dinosaurier hatten gewusst, dass Isabella eine ausgezeichnete Schwimmerin war, aber keiner von ihnen hätte gedacht, dass sie einen so weiten Weg durch das träge, eiskalte Wasser zurücklegen könnte.

Im Dinosaurierraum war es schön und still und friedlich. Man brachte Isabella haufenweise Blätter, und man entfernte ihren Dung, und davon abgesehen ließ man sie weitgehend in Ruhe, so dass sie in aller Ruhe umhertrotten oder sich hinlegen oder sich wie ein Kamel mit unter den Körper geschobenen Beinen hinsetzen konnte, um nachzudenken.

Als Isabella einfror, stoppte ihr Gehirn fast gleichzeitig mit ihrem restlichen Körper. Sie dachte keine bewussten Gedanken, und sie dachte auch keine unbewussten Gedanken. Doch irgendetwas lebte in ihr weiter, irgendein winziges, zähes Ding, das ihren Körper am liebsten verlassen hätte, aber da sie eingefroren war, kam es nicht weg, und nun, da sie aufgetaut war und Gehirn und Körper wieder funktionierten, blieb dieses Ding an seinem Platz. Insgeheim war es froh, weiter im Inneren der funktionierenden Isabella zu leben, obgleich es ihm, nüchtern betrachtet, völlig egal hätte sein können, wo es sich befand, doch es konnte nicht anders: Es war Isabellas Charme verfallen.

Dieses Ding wusste noch ganz genau, wie lange Isabella eingefroren gewesen war, und auf seine stille Art teilte es Isabella mit, wie lange sie eingefroren gewesen war, so dass Isabella das Gefühl hatte, sich auch daran erinnern zu können, und daher wusste sie, dass sie gerade nicht aus einem Mittagsschlaf erwacht war, sondern aus einem Schlaf von Tausenden von Jahren, in denen ihr Körper geruht hatte. Die Geräte zur Kontrolle des Raumklimas sorgten dafür, dass es im Dinosaurierraum immer schön warm war, und Isabella hatte das Gefühl, wohlbehalten am Ende ihrer äußerst beschwerlichen Reise angelangt zu sein.

Der Anblick der Menschen verblüffte Isabella nicht besonders. Sie konnte sich noch an die Gesichter ihrer sagenhaften Vorfahren aus der Urzeit erinnern, die ebenfalls Menschen gewesen waren. Sie konnte sich noch an viele Ereignisse, ja sogar an ganz gewöhnliche Ereignisse aus ihrem sagenhaften Urzeitleben erinnern.

31

Isabellas Erinnerungs-Trick

Isabella hatte ein außerordentlich gutes Gedächtnis, das ihre Überwinterung im Eis ohne jede Lücke überstanden hatte. Ihr Gedächtnis kehrte so selbstverständlich zu ihr zurück, als hätte es ihr nie gefehlt. Sie konnte nicht sagen, ob sie das Gedächtnis verloren hatte, und wenn, ob ihr sein Verlust überhaupt aufgefallen war. Ihr Gedächtnis war mit ihrem Namen verbunden, und als sie ihren Namen herbeiträumte, schlüpfte ihr Gedächtnis gemeinsam mit diesem in sie hinein. Sie fragte sich, ob ihr Name ein Passwort war, mit dessen Hilfe sie wieder zu sich selbst kam. Und nun standen ihr alle Erinnerungen wieder unversehrt zur Verfügung.

Sie erinnerte sich daran, zur Antarktis geschwommen zu sein, und sie erinnerte sich an jedes der sechstausendzweihundert anderen Male, die sie Schwimmen gewesen war, und an die riesige Strecke, die sie zurückgelegt hatte, als sie im Jangtse bis zum Ostchinesischen Meer geschwommen war, und an die Strecken, die sie als Mädchen täglich im Mittelmeer geschwommen war, sie erinnerte sich daran, wie sie im Inneren von Tsunami-Wellen mitgeschwommen war, die sie umhergeworfen hatten wie einen blassen Bindfaden, an die langen, einsamen Strecken, die sie geschwommen war, wenn sie wieder einmal hatte auswandern müssen, und deren letzte die Strecke zur Antarktis gewesen war, und sie erinnerte sich an die Badevergnügen, das Herumwaten, die Male, wenn sie sich einfach hatte treiben lassen. Ein Brontosaurier weiß schon bei der Geburt, wie man schwimmt.

In Isabellas Erinnerung war die Zahl sechstausendzwanzig weder eine Strichliste noch eine Summe, sondern etwas, das ihr sofort als Ganzes vor Augen stand, wie einem die Zahl Zwei vor Augen steht, wenn man zwei Finger sieht. Wenn ein Dinosaurier sich eine Zahl vorstellen will, muss der Dinosaurier diese Zahl als Ganzes vor sich sehen, weil Dinosaurier keine Finger haben, mit denen sie schreiben können, und daher auch keine Möglichkeit, eine Zahl in etwas Geschriebenes umzuwandeln, das man später, wie es die Menschen tun, durch Rechnen oder Schätzen wieder in eine Zahl zurückverwandeln kann. Daher haben Dinosaurier das einzigartige Talent, sehr große Zahlen als Ganzes vor sich zu sehen, besonders Zahlen, an die sie sich nur nach und nach erinnern, so wie Isabella sich durch ihr ganzes Leben daran zurückerinnerte, wie oft sie Schwimmen gewesen war.

Jedes Mal, wenn sie Schwimmen ging, dachte Isabella über die anderen Male nach, die sie Schwimmen gewesen war, und jedes Mal wurde ihr wieder klar, dass sich jede Sache von allen anderen Sachen unterscheidet und zugleich allen anderen Sachen ähnelt. Einmal waren siebzehn Fliegen zugleich auf ihrem Rücken gelandet, als sie durch das Wasser gewatet war. Dass Fliegen auf ihrem Rücken landeten, war nichts umwerfend Neues, und sie dachte an all die anderen Fliegen, die auf ihrem Rücken gelandet waren, und an all die anderen Male, als sie einfach nur herumgewatet war, und an all die Male, als die Sonne genauso warm geschienen hatte wie diesmal, und an die Male, als ihr Kopf in der Sonne so wunderbar warm war und ihre Füße im Wasser so wunderbar kühl waren wie diesmal, und trotzdem waren nie siebzehn Fliegen zugleich auf ihrem Rücken gelandet. Isabella übte fleißig, Ähnlichkeiten und Unterschiede zu erkennen. Das war normal für einen Brontosaurier. Isabellas Mutter hatte das Gleiche getan. Und daher wurde jede Erinnerung sorgsam katalogisiert und mit Verweisen auf andere Erinnerungen versehen.

Isabella erhielt ein komplexes Gedächtnis aufrecht, doch es war etwas, dessen Aufrechterhaltung ihr wichtig war. Sie vermutete, dadurch glücklicher zu sein und sich nicht so leicht von einer Welt bezaubern zu lassen, die ihrem Gefühl nach nur dazu diente, sie völlig zu verblüffen. Andererseits fragte sie sich manchmal, ob dies tatsächlich an der Welt lag oder nicht doch an ihrem langsamen Gedächtnis, das ihr einen Streich spielen wollte. Sie konnte sich, für jede Jahreszeit und Hemisphäre, haargenau an die Sterne erinnern, daran, welche wo über den Himmel wanderten, um wie viel Grad sie sich alle zehn Jahre verschoben und welche zuerst verblassten, wenn der Mond heller schien. Sie merkte sofort, wenn einer aufflammte oder erlosch.

Sie erinnerte sich an das Netzwerk der Adern eines jeden Farnblattes und daran, wie sich Tau und Regentropfen in diese Adern betteten, und daran, wie ein Insekt den Tau oder die Regentropfen trank, und daran, welche Insekten den Tau den Regentropfen oder die Regentropfen dem Tau vorzogen. Sie hatte eine Liste für verstümmelte Insekten und eine untergeordnete Liste für Insekten, denen Flügel fehlten und wenn, ob einer oder beide und auf welcher Seite. Sie erinnerte sich an die Wolken und an all die vielen Dinge, denen Wolken ähnelten, und an den Grad, in dem sie diesen Dingen ähnelten und wie genau. Die meisten Wolken ähnelten solchen, die sie schon einmal gesehen hatte. Sie erinnerte sich an ihre Mutter und auch an die Augen und Augenlider ihrer Mutter, an ihre Wangenknochen und an ihre Mundwinkel, die sie in alle Richtungen hatte bewegen können, manchmal getrennt voneinander. Sie erinnerte sich an das Kinn ihrer Mutter. Sie erinnerte sich an den Anblick der Mundhöhle ihrer Mutter, einer Mundhöhle, die nicht so rosig war wie die Isabellas oder anderer Geschöpfe, sondern dunkelgrau, fast schwarz.

Sie erinnerte sich an die Redegewohnheiten ihrer Mutter und wie sich diese im Laufe der Zeit verändert hatten, und sie erinnerte sich daran, dass ihre Mutter das Wort »sozusagen« kaum noch benutzte, als Isabella ein Jahr alt war, obwohl sie dieses Wort zuvor oft zwei Mal in jeden Satz eingeflochten hatte.

Sie erinnerte sich an ihre Zeit im Ei, an das rosige Sprenkellicht, das durch die Schale drang, und an den warmen, süßen, frischen Duft ihrer eigenen, hastigen Atemzüge, an ihren Schwanz, der sich auf ihrem Bauch kringelte, an ihren Hals, den sie unter ihren Körper gebogen hatte, so dass ihr Kinn auf der Sohle des rechten Hinterfußes ruhte.

32

Weiteres Wissenswertes über Isabellas Erinnerungs-Trick

Isabella konnte sich an den Moment erinnern, als ihr Körper instinktiv aus dem Ei geschnellt war, als sich ihre Muskeln angespannt hatten und aufgefedert waren, und dann war sie an der frischen Luft gewesen, einer trockenen und milderen Luft, und das Licht war weißer gewesen. Sie wusste noch, dass ihre Mutter über ihr stand und sie mit ihrem Schatten beschirmte und dass sie zum weit entfernten Kopf ihrer Mutter aufschaute. Isabella merkte, dass ihre Augen in der neuen, frischen Luft austrockneten, und sie blinzelte. Den Kopf ihrer Mutter sah sie trotzdem noch verschwommen. Sie blinzelte ein zweites Mal.

Isabella konnte sich sogar an die Zeit vor dem Schlüpfen erinnern. Sie wusste noch, wie ihre Mutter das Ei mit ihr darin gelegt hatte. Ihre Mutter hatte versonnen einen Pterodactylus betrachtet, der auf dem schwankenden Ast eines Feigenbaums gehockt hatte. Isabella konnte sich gut an das Nasenjucken ihrer Mutter erinnern, als diese das Ei mit ihr darin gelegt hatte. Sie erinnerte sich genauso deutlich wie ihre Mutter an das Jucken und an den Pterodactylus und an jede Feige am Feigenbaum. Sie erinnerte sich an die erste Begegnung ihrer Mutter und ihres Vaters, bei der sich ihr Vater an ihre Mutter angepirscht hatte, ein schwieriges Unterfangen für einen Brontosaurier und ganz besonders für ihren Vater, der seit seiner Kindheit einen spitzen Stein im Fuß gehabt hatte. Isabella wusste noch, dass er bei der Verfolgung einer riesengroßen Motte auf diesen Stein getreten war und dass ihn dieser Stein danach bei jedem Schritt in den Fuß stach.

Isabella erinnerte sich an die Erinnerungen ihrer Großeltern und an die ihrer Urgroßeltern und so weiter. Vorfahren, die einander zu Lebzeiten nie begegnet waren, begegneten sich in Isabellas Erinnerungen. Diese ererbten Erinnerungen waren für Isabella genauso selbstverständlich wie jene, die sie selbst gesammelt hatte. So war es nun einmal beschaffen, das Dinosaurier-Gedächtnis, und Isabellas Gedächtnis reichte weit genug zurück, um zu wissen, warum. Sie erinnerte sich an Gespräche, die ihre Urahnen zu einer Zeit geführt hatten, als Dinosaurier noch etwas unerhört Neues auf dieser Welt gewesen waren, als es noch kein nennenswertes Dinosaurier-Gedächtnis gegeben hatte.

»Gestern habe ich Amy eine mimosige Ignorantin genannt«, hatte Isabellas Urahn Noel damals gesagt. »Das liegt mir ganz schön im Magen. Glaubst du, ich kann irgendwie verhindern, dass meine kleinen Brontosaurier diese Erinnerung erben?«

Ping, ein sehr kluger Stegosaurier, denkt über Noels Frage nach. Um seinem Denken nachzuhelfen, stampft er mit einem Fuß auf wie ein zählendes Pferd, eine Angewohnheit, die die Stegosaurier auch in Isabellas Tagen noch nicht ganz abgelegt hatten. Nachdem er ordentlich aufgestampft hat, schaut Ping Noel an und sagt: »Ich glaube nicht, Noel. So weit ich weiß, erinnern sie sich an alles, woran du dich erinnerst. Mir fällt es jedenfalls ziemlich schwer, meine Erinnerungen zu vergessen.«

»Mir auch«, sagt Noel. »Menschen vergessen problemlos die kleinsten Kleinigkeiten. Sie reißen sogar Witze darüber. Ich habe festgestellt, dass ich rein gar nichts vergessen kann. Ich habe Amy gestern völlig vor den Kopf gestoßen. Ich habe sie regelrecht zusammenbrechen lassen. Ein schrecklicher Anblick. Diese Erinnerung möchte ich nur ungern weitergeben, Ping.«

»Ich fürchte, hier gilt alles oder nichts. Immerhin hast du den Trost, dass sich das Kind auch an deine Reue erinnern wird, oder? Unter dem Strich wird das Kind von deinem Bewusstsein profitieren und dich dafür lieben. Und wer weiß? Vielleicht kann man Erinnerungen am Ende ja doch nicht erben. Die Menschen scheinen sich da ziemlich sicher zu sein, aber Menschen sind natürlich vergesslich. Man wird sehen. Vielleicht erbt man nur bestimmte Erinnerungen, vielleicht auch gar keine. Vielleicht schwinden die Erinnerungen von Generation zu Generation immer weiter. Vielleicht bist du in drei oder vier Generationen nur noch eine blasse und geschönte Erinnerung im Gedächtnis deiner Nachfahren.«

Die Erinnerungen schwanden nicht. Isabella erinnerte sich an Amys Blick, als Noel sie eine mimosige Ignorantin genannt hatte, und sie wusste noch, dass Amy sich gefühlt hatte, als hätte man ihr den Bauch aufgeschlitzt und die Kehle hindurchgezogen, denn auch Amy war eine Urahnin Isabellas, und deshalb kannte Isabella alle Erinnerungen Amys. Diese bestimmte Erinnerung war halb so schlimm, wie Noel befürchtet hatte, aber die allerersten Dinosaurier-Generationen hatten sich besorgt gefragt, wie man ihr Gedächtnis später erinnerte, denn schließlich war dieses Erinnerungsvermögen ein nagelneues Phänomen.

Doch die Erinnerungen schwanden nicht, kein bisschen. Sie wurden so wahr und klar weitergegeben wie in dem Moment, als sie sich dem Gedächtnis eingeprägt hatten, obwohl man sich dessen natürlich nicht hundertprozentig sicher sein konnte, aber sie fühlten sich wie neu an, und es stimmte, dass sie bei ihrem Staffellauf durch die Generationen absolut wahr und klar blieben. Sie schwanden nicht einmal, als die Dinosaurier in jeder anderen Hinsicht abbauten und mit Deformierungen oder sogar tot zur Welt kamen, ja, selbst als die Lebenserwartung der Dinosaurier stetig sank, waren die Archive ihrer Gedächtnisse immer noch randvoll mit Erinnerungen.

33

Isabellas erste unmögliche Erinnerung

Eine ungeheuer große Menge von Dinosaurier-Gedanken wurde von einer Generation an die nächste weitergegeben, und trotzdem ging zugleich eine ungeheuer große Menge verloren. Erinnerungen wurden über den Körper vererbt, über die Gene, genau wie Augenfarbe und Reaktionsschnelligkeit. Ein Dinosaurier vererbte nur Erinnerungen aus der Zeit vor der Zeugung und der Eiablage seines Kindes. Was den Genen allerdings fehlte, waren konkrete Erinnerungen an das Sterben, obwohl man sich sehr darum bemüht hatte, diese weiterzugeben. Die ersten Dinosaurier hatten versucht, gleich nach dem Tod eines Angehörigen ein Kind zu zeugen, um so die letzten, flüchtigen Erinnerungen und die erhabenen Bilder aus dem Jenseits weitergeben zu können. Jedenfalls ging man davon aus, dass diese Bilder erhaben waren, oder wollte wenigstens herausfinden, ob diese Bilder erhaben waren oder nicht. Vielleicht war diese Frage letzten Endes unwichtig, aber sie bot eine rare und aufregende Chance. Leider klappte es nie, und einige Generationen später gab man den Versuch auf, Erinnerungen aus dem Jenseits der Erinnerungen einzufangen, als das man sich den Tod inzwischen vorstellte. »Horace ist ins Jenseits der Erinnerungen eingegangen«, pflegte man zu sagen, und diese Vorstellung wurde für die Dinosaurier zu einer schlichten Wahrheit, mit der man sich selbst und andere trösten konnte.

Trotzdem hatte Isabella eine Erinnerung ihrer Mutter aus der Zeit aufgeschnappt, nachdem ihre Mutter das Ei mit ihr darin gelegt hatte. Isabella erinnerte sich daran, dass ihre Mutter den Zweig eines Granatapfelbaumes gekaut hatte, und sie erinnerte sich an die süße Pampe der Samenkerne, und dann hatte ihre Mutter zu Isabella geschaut, die gerade aus dem Ei geschlüpft war, und Isabella weiß noch, wie ihre Mutter sie anschaute und dabei dachte, dass sie nun nach Belieben sinnieren konnte, weil Isabella nichts mehr davon mitbekam, dass ihre Gedanken ab jetzt ihr allein gehörten, dass ihr kleiner Spion geschlüpft und seine furchtbare Arbeit damit getan war, und dann machte sie sich darauf gefasst, dass Isabella weinte. Sie zuckte zusammen und wartete, und der zerkaute Zweig des Granatapfelbaums wurde ganz schwammig in ihrem Maul. Schon da wusste Isabella, dass sie gerade eine sehr ungehörige Erinnerung geerbt hatte, was sie tief beunruhigte, doch sie versuchte, diese Beunruhigung vor ihrer Mutter zu verbergen. Sie blieb ruhig. Sie lächelte ihre Mutter an und blinzelte. Ihre Mutter entspannte sich ein wenig. Isabella blinzelte noch einmal. Ja, nun fühlte sich ihre Mutter pudelwohl. Und Isabella wusste, dass sie von nun an nichts mehr von dem in Erinnerung behielte, woran sich ihre Mutter erinnerte.

34

Der Shortstop macht eine merkwürdige Beobachtung

Es war noch mitten in der Saison, als Isabellas gewaltiges Gedächtnis wieder ansprang, und im Stadion über dem Dinosaurier-Labor wurde fast jeden Abend und manchmal auch nachmittags Baseball gespielt.

Das Stadion hatte eher die Form einer Ellipse als die eines Baseball-Stadions. Der Ex-Präsident behauptete, dies sei geplant gewesen, weil er die alten Polo-Felder so liebe. In Wahrheit war es ein Versehen gewesen. Beim Zeichnen der Pläne hatte er nicht mehr gewusst, wie ein Baseball-Stadion aussieht.

Bei jedem Spiel waren die Ränge des Stadions voll besetzt. Die amerikanischen Teams und die japanischen Teams und die kubanischen Teams reisten an, um gegen die Argentinier zu spielen. Ein deutscher Autohersteller stellte extra ein Team für ein Spiel gegen die Argentinier zusammen. Die Spieler blieben eine Woche und spielten zwölf Spiele. Am Ende dieser Woche erzielte das deutsche Team drei Treffer und einen erfolgreichen Lauf, weil der argentinische Fänger mit dem Ball im Handschuh einschlief, nachdem er einen Fastball gefangen hatte. Als der Schiedsrichter den Fänger weckte und ihn über das Geschehen aufklärte, lachte der Fänger und zuckte mit den Schultern und winkte den Zuschauern, und die Zuschauer pfiffen zurück. Er war siebzehn Jahre alt, und seine Mutter meinte, er schlafe so viel, weil er immer noch wachse. »In dem Alter schläft man manchmal plötzlich ein«, sagte sie den Reportern. »Er ist ein guter Junge. Nehmen Sie ihn bitte nicht zu hart ran.« Beim nächsten Inning schlug er einen Inside-the-Park-Homerun, und die Zuschauer pfiffen wieder, und er lachte und zuckte mit den Schultern und winkte zurück. Er ging in die Kabine, legte die Polster an und hielt ein kleines Nickerchen.

Wie üblich wartete der Shortstop nach jedem Spiel, bis das Stadion leer war, und dann legte er sich auf dem Außenfeld ins Gras, drosselte seine Sinneswahrnehmungen und lauschte dem dumpfen Geräusch, das aus der Erde heraufdrang. Doch seit Isabella wieder zum Leben erwacht war, hatte der Shortstop ein komisches Gefühl, wenn er auf dem Außenfeld lag. Der Shortstop wusste recht gut, wie die Zeit funktioniert, dass Momente diskontinuierlich sind und dass jedes Ereignis aus vielen einzelnen, unsichtbaren Momenten besteht. Der Shortstop bewegte sich durch die Zeit wie ein Schwimmer durch das Wasser, und diese Bewegung konnte er spüren. Er achtete genau darauf, wie sie sich anfühlte, und er glaubte zu fühlen, wie sich jeder einzelne Moment an ihm rieb, vor allem an seinem Nacken. Wenn er erwachte, überkam ihn dieses Gefühl manchmal völlig unvermittelt, und dann ging ein Schaudern durch seine Brust. Wenn er auf dem Außenfeld lag, hatte er oft das Gefühl, jeden einzelnen Moment in voller Gänze spüren zu können, und bald darauf begann er den Abstand zwischen zwei Momenten zu spüren, und dann begann er zu spüren, wie sich der Abstand zwischen den Momenten immer weiter ausdehnte, bis zwei aufeinander folgende Momente so weit voneinander entfernt waren wie Sterne, und in der riesigen Leere dazwischen konnte der Shortstop beliebig lange verschwinden. Gut möglich, dass der Shortstop in diesen gewaltigen Leerräumen Platzangst bekam, und einmal hatte er das Gefühl, als würde die Luft aus ihm herausgesaugt werden, und er drückte sich die Hände auf den Mund, weil er Angst hatte, dass ihm auch noch die Lungen aus dem Leib gesaugt werden könnten.

Doch seit Isabellas Erwachen kam dem Shortstop die Leere nicht mehr ganz so leer vor. Die Abstände zwischen den Momenten waren von einem lauten, prähistorischen Knarren erfüllt, das an eine weit entfernte Tsunami-Welle erinnerte, an eine grauenhafte Missgeburt, an etwas Allgegenwärtiges, das von Glück und Pech zusammengehalten wurde. Und dies gab dem Shortstop das Gefühl, als sei ringsumher die Schwerkraft aufgehoben worden, und wenn er schließlich aufstand und das Stadion verließ, zitterten ihm die Knie.

35

Harry tauft das Stadion

Nachdem er zum ersten Mal geträumt hatte, mit Valentina Tereschkowa zu tanzen, der ersten Frau im Weltall, war der Ex-Präsident erwacht und hatte einen Cognacschwenker mit kaltem Wasser gefüllt und auf ex getrunken. Dann trank er noch einen Schwenker. Dann trank er noch drei Schwenker. Dann rülpste er laut.

Im Wachzustand war er niemals in Valentina Tereschkowa verliebt gewesen, und er hatte auch nie jemanden gebeten, ihn Harry zu nennen. Seit vielen Jahren hatte niemand mehr den Ex-Präsidenten Harry genannt. Nicht Harry genannt zu werden, hatte ihm immer besser gefallen. Schließlich hatte er sogar zu seiner Frau gesagt: »Bitte nenn mich nicht mehr Harry.«

»Wie soll ich dich stattdessen nennen, Schatz?«, hatte seine Frau gefragt.

»Nenn mich Mr Senator oder Captain. *Captain* fand ich immer super.«

Das war der Punkt, an dem seine Frau ihn als Fremden zu betrachten begann, und von da an fühlte sich Harry viel wohler in seiner Haut. Er spürte, wie sich sein Unterkiefer entkrampfte, allerdings nur ein kleines bisschen. Er lächelte seine Frau an und berührte sie an der Schulter. »Im Notfall kannst du mich auch

Schatz nennen«, sagte er, und sein Lächeln wurde noch breiter.

Benjamin hatte darauf bestanden, Harry Harry zu nennen, bis Harry Präsident wurde. Benjamin hatte Harry circa zwei Stunden vor der Amtseinführung zum letzten Mal Harry genannt, er hatte Harry in den Arm genommen und gesagt: »Harry. Wie fühlst du dich?«

»Verdammt noch mal, Benjamin«, sagte Harry. »Entweder du redest mich jetzt mit Mr President an oder gar nicht.« Benjamin redete seinen Bruder gar nicht mehr an, bis dieser nicht mehr Präsident war. Dann begann Benjamin, ihn mit Mr President anzureden.

Aber nun gefiel dem Ex-Präsidenten die Vorstellung, wieder mit Harry angeredet zu werden. Er träumte noch viele Male davon, Valentina zu bitten, ihn Harry zu nennen. »Bitte, Valentina«, sagte er dann. »Versuch es doch einfach.« Doch Valentina errötete immer nur und sah weg.

Nach einem dieser Träume rief Harry bei Benjamin an und sagte, er wolle von jetzt an Harry genannt werden. »Du bist wirklich ein hoffnungsloser, alter Idiot«, erwiderte Benjamin und legte auf.

Als er aus einem Traum erwachte, in dem Valentina sich bei einem Sturz auf der Tanzfläche schlimm am Ellbogen verletzt und Harry gedroht hatte, ihr die erste Hilfe zu verweigern, wenn sie ihn nicht endlich Harry nenne, fiel Harry ein, dass er sein Baseball-Stadion noch nicht getauft hatte. Man nannte es einfach »das Stadion« oder »das argentinische Stadion«. Harry hatte zwar alle Angebote von Unternehmen ausgeschlagen, die den Namen des Stadions hatten kaufen wollen, aber er hatte es noch nicht getauft. Er dachte an Namen wie Harry-Spielfeld oder Harry-Arena. Am Ende entschied er sich für Stadion Harry. Bei der Feier anlässlich der Verleihung des Namens hielt er eine Rede, in der er darauf bestand, von nun an nur noch Harry genannt zu werden oder, wenn es unbedingt sein musste, Mr Harry.

Auch das Dinosaurier-Labor wurde von nun an Stadion Harry genannt. Und Harry fand, dass auch der Dinosaurier einen Namen brauchte, und er taufte ihn auf den Namen Elisabeth, was in Isabellas Ohren ganz ähnlich klang wie ihr wahrer Name.

36

Isabellas neuer Lebensstil

Wenn Isabella ziemlich gemächlich schlenderte, brauchte sie drei Minuten für eine Runde durch ihren großen Raum im Stadion Harry. Isabella schlenderte immer nur ziemlich gemächlich durch das Stadion Harry. Und wenn es sie einmal juckte, richtig loszupreschen, einfach nur so aus Spaß und um ihre Muskeln an das zu erinnern, was sie ganz besonders gut konnten, verkniff sie sich diesen Drang. Sie spürte die Nervosität der Menschen, die ihr das Futter brachten oder ihren Dung wegschafften. Sogar die Menschen, die sie aus dem Nebenraum durch die große, kugelsichere Scheibe beobachteten, wirkten lächerlich nervös. Sogar Penelope, die inzwischen immer einen Schaukelstuhl mit in den Dinosaurierraum nahm, um Isabella aus Büchern vorzulesen und ab und zu etwas auf ihrem Flügelhorn zu spielen, sogar Penelope, die es gewagt hatte, Isabella zärtlich die Nase zu tätscheln, hatte Angst davor, dass Isabella etwas Unvorhergesehenes täte, das spürte Isabella, und ihr war klar, dass es nicht unbedingt zum Abbau der allgemeinen Nervosität beitrüge, wenn sie mit Volldampf quer durch den Raum stampfte.

Wenn Penelope Isabella etwas vorlas, sprach sie so schnell, dass Isabella nicht mitkam. Die langsame und logische Sprache der Dinosaurier entsprach ihren dicken, trägen Zungen und ihrem gewaltigen Gedächtnis. Jede neue Generation der Dinosaurier sprach langsamer als die letzte, und weniger sprach sie auch, als ginge inzwischen jedem so viel durch den Kopf, dass das Sprechen die Mühe nicht mehr lohnte, oder vielleicht verstanden die Dinosaurier einander inzwischen so gut, dass es kaum noch etwas zu sagen gab, und schließlich wurden ihre Münder unbeweglicher und dienten im Grunde nur noch zum Fressen, und sie sprachen genauso unbeholfen wie sie fraßen. Penelopes Sprache hingegen war so schnell und flatterhaft wie ein Kolibri.

Allerdings hatte Isabella in ihrem letzten Leben die Sprache der Kolibris verstanden. Kolibris kommunizierten durch ihre Flügelschläge in einer Art von rasantem Morse-Code, und sie gliederten und flektierten die Flügelschläge durch unzählige, kaum hörbare Zirplaute. Isabella hatte immer die genaue zeitliche Abstimmung dieser Sprache bewundert. Kolibris hatten einen absurden Humor, der ausschließlich dieser zeitlichen Abstimmung entsprang, und wenn Isabella nach einer anstrengenden Runde Schwimmen völlig außer Puste war, lauschte sie am allerliebsten einem Kolibri oder zwei Kolibris, die miteinander scherzten. Isabella hatte fast alle Sprachen verstanden, die harsche Sprache der Bienen, die klagende Sprache der Frösche und so fort. Natürlich gab es Ausnahmen wie einen jubeltrubelnden Frosch oder einen todernsten Delfin, aber im Allgemeinen prägte der Klang der Sprache das Wesen eines jeden Dings. Da gab es den Wind, der in seiner Wind-Sprache eine schier endlose Kette von Aphorismen aneinander reihte. Da gab es das Wasser mit seinen vielen Dialekten. Isabellas Sprache war so langsam gewesen wie bei Dinosauriern üblich, aber sie hatte ein ausgezeichnetes Gehör gehabt, und sie hatte alle Sprachen hören und verstehen können, die um sie herum gesprochen worden waren.

Doch Penelopes Sprache konnte sie nicht folgen. Vielleicht hatte sie während ihrer Zeit im Eis doch etwas eingebüßt.

Schließlich fiel ihr an Penelopes Sprache etwas auf. Penelope rief Isabella beim Namen. »Na, Elisabeth, heute siehst du ja prächtig aus«, sagte Penelope etwa. Oder: »Wie findest du das, Elisabeth?« Und Isabella nahm an, dass es sich um ihren Namen handelte, wie er in Penelopes Sprache ausgesprochen wurde, dass Penelope »Isabella« in ihrer Sprache einfach nicht besser aussprechen konnte.

Als Isabella dies begriffen hatte, begann sie auch, Penelopes Sprache zu begreifen. Die Feinheiten der Grammatik begriff sie nicht ganz so schnell, aber nach einigen Monaten gelang ihr auch dies. Sie probierte herum, setzte Menschenworte zwischen die Dinosaurierworte, die sie sich immer wieder zur Übung vorsprach und die in den Ohren der Wissenschaftler natürlich wie sinnloses Stöhnen klangen.

37

Iple untersucht einen Fisch

Aus dem Jenseits kann man völlig problemlos das Leben auf Erden beobachten. Die Leute beobachten gern ihre Liebsten und ihre Lieblingsdinge. Ganz besonders ihre Lieblingsdinge. Der erste Fremde, dem Iple seinen Messer-Trick vorgeführt hatte, war jemand, der die Erde nur beobachtete, um einen bestimmten Füllfederhalter im Auge zu behalten, mit dem er eine Reihe von Briefen geschrieben hatte, die ihm nach und nach das Herz gebrochen hatten. Er erzählte Iple: »Wenn der Füller weg ist – und sein letzter Besitzer hat ihn sehr schlampig behandelt –, ist auf Erden nichts mehr für mich übrig.«

»Ja, aber ich muss Ihnen unbedingt etwas zeigen«, sagte Iple, und er führte dem Fremden seinen Schmetterlings-Trick vor.

Die Beobachtung der Erde folgte gewissen Regeln. Es gab öffentliche Aussichtsplätze, damit man kontrollieren konnte, was die Toten auf Erden beobachteten. Den Toten misstraute man natürlich immer, aber ganz besonders misstrauisch war man, wenn sie die Erde beobachteten. Dabei behielt man sie genau im Auge. Auch, wenn es vielleicht nur die Toten selbst waren, die einander im Auge behielten. Iple führte seinen Messer-Trick so oft vor, bis er kapierte, warum die Toten einander so scharf bewachten. Die Beobachtung ihrer Liebsten und ihrer Lieblingsdinge war ein Laster, wenn auch ein verzeihliches, so lange jedenfalls, wie man es streng kontrollierte. Iple vermutete, dass es eine grundfalsche Art gab, das Leben auf Erden zu beobachten, irgendein unausgesprochenes Verbot, und daher hielt er sich bald von den öffentlichen Aussichtsplätzen fern.

Iple fragte sich, ob ihn der Tod auch aus dem Jenseits reißen konnte. Wenn man ihm zu Lebzeiten einen Streich gespielt haben sollte, dann fände er diesen neuen Streich noch übler. Er dachte darüber nach und wanderte durch die Gegend, und als niemand mehr in Sicht war, experimentierte er herum, denn die Welt hatte immer noch einige Überraschungen zu bieten. Er hatte entdeckt, dass er den ganzen Tag mit dem Messer an seinem Finger schnitzen konnte, bis dieser spitz genug war, um einen Fisch aufzuspießen, und dass dieser Finger, wenn er die Augen schloss und ihn zurückwünschte, wieder war wie zuvor.

Als er zum ersten Mal einen Fisch sah, zückte er daher sein Messer und schnitzte seinen Finger in null Komma nichts zu einem Speer, spießte den Fisch auf und hob ihn hoch, um ihn genauer zu betrachten. Er hielt den Fisch an der Gräte wie ein Buch am Buchrücken. Der Fisch warf den Kopf hin und her und her und hin, und er warf die Schwanzflosse hin und her und her und hin, als wollte er durch einen Test seiner Motorik herausfinden, warum er nicht mehr schwamm. Iple nahm sein Messer und schlitzte den Bauch des Fisches auf und zog den Bauch mit den Fingern auseinander.

Iple war nicht besonders verblüfft. Im Inneren des

Fisches konnte er alles sehen, was auf Erden geschah. Er wusste nicht recht, ob er wirklich etwas davon sehen wollte. Er wusste noch, dass die Farben zu intensiv, die Gerüche zu intensiv und die Geräusche, als er sie noch hatte hören können, zu intensiv gewesen waren, ja selbst die Stille war zu intensiv gewesen. Bei dieser Erinnerung wurde ihm übel, und seine Beine gaben unter ihm nach, als hätte er dies geplant. Nachdem er auf den Hintern gesunken war, überlegte er, Penelope und ihr Flügelhorn zu beobachten, und schwupps, da war sie, sie saß auf ihrem Schaukelstuhl und spielte Isabella etwas auf dem Flügelhorn vor, und die Töne des Flügelhorns klangen fast genauso, wie Iple erwartet hatte.

Iple bappte ein paar nasse Ginko-Blätter auf den Bauch des Fisches, und dann setzte er den Fisch wieder ins Wasser, und der Fisch tauchte ab und verschwand aus Iples Blickfeld.

38

Reinkarnation

Niemand kehrt aus dem Jenseits wieder auf die Erde zurück. Iple entwickelte die Angewohnheit, tagelang das Leben auf Erden zu beobachten, er beobachtete Penelope, die, ein feuchtes Geschirrtuch über dem Gesicht, auf dem Sofa lag und Radio hörte, oder er beobachtete Isabella, die mit vollen Backen einen Haufen Pflanzenfutter mampfte.

Iple suchte sich stets ein stilles Eckchen, und dann öffnete er seinen Fisch wie ein Konversationslexikon und ließ sich von ihm hypnotisieren und in einen Zustand ehrfürchtiger Bezauberung versetzen. Iple dachte mehr als einmal daran, durch den Fisch zurück in die Welt zu krabbeln. Er steckte einen Arm oder einen Fuß in den Bauch des Fisches oder versuchte, ihn sich wie eine Bommelmütze über den Kopf zu stülpen. Jedes Mal ging der Fisch kaputt, und Iple brauchte mehrere Stunden, um ihn zu flicken und wieder ins Wasser zu setzen. Die Fische hatten Iple lieb gewonnen und kamen angeschwommen, wenn sie merkten, dass er in der Nähe war. Doch sie waren nur kleine Spiegel, mit deren Hilfe Iple einen Blick auf das Erdenleben werfen konnte wie um eine unpassierbare Ecke.

Immerhin verspürte Iple bei seiner Beobachtung der Erde hin und wieder bedeutsame Resonanzen. Er stellte fest, dass die Lehrerin, die er in der vierten Klasse gehabt hatte, in einem Mädchen wiedergeboren worden war, das sich das Pfeifen beibrachte und dabei immer tiefer ins hohe, silbrige Pampasgras wanderte. Die Lehrerin, die Iple in der vierten Klasse gehabt hatte, war ganz ähnlich ums Leben gekommen wie Iple. Ihr Mann war Schlafwandler gewesen, und einmal war er beim Schlafwandeln mit den Glascherben einer zerbrochenen Karaffe über sie hergefallen.

Und da war sie, ein nagelneues Prachtexemplar von Mädchen, Iple war sich hundertprozentig sicher, dass sie es war. Auch wenn sie vergessen hatte, wie man pfiff. Iple hätte liebend gern gewusst, warum sie sich auf Erden reinkarniert hatte und er nicht.

Aber daran kann sich niemand erinnern. Wenn ein Wesen stirbt, zerfällt es in mehrere Teile. Ein Teil fällt ins Jenseits, ein anderer Teil bleibt, wo er ist, ein weiterer Teil, der unter komplettem Gedächtnisschwund leidet, fällt ins Alltagsleben zurück. Die Bevölkerung im Jenseits wächst stetig, die Bevölkerung auf Erden aber nicht. Die immer gleichen, geplagten Seelen ziehen immer wieder die immer gleichen Kreise, sie sammeln Erinnerungen und verlieren diese bei ihrem Tod, sammeln neue und verlieren schließlich auch diese. Ein unverbrauchtes Bewusstsein wäre nur zu Anbeginn aller Zeiten zu finden.

All dies ahnt Iple, wenn auch vage. Er ist als Bahnhof im Mittleren Westen der Vereinigten Staaten wiedergeboren worden, aber darin wird er sich niemals wiedererkennen.

39

Zebedees Galionsfigur

Nachdem Zebedee in die Tankstelle gerast war, nahm sich Esther, die Besitzerin der Pizzeria, seiner Habseligkeiten an. Zebedee hatte ein Testament hinterlassen, und in diesem Testament hieß es, dass Esther nach Belieben über seine Habseligkeiten verfügen dürfe, derer es laut Testament nur wenige gab. Zebedees Habseligkeiten passten in zwei Koffer, und er besaß auch zwei Koffer. Diese Koffer standen in seinem Hotelzimmer. Einer war für Kleider, die er auf Schrank und Kommode des Zimmers verteilt hatte. Die Kleider waren gut in Schuss und hatten genau die richtige Größe für Esthers Sohn, Gottlieb, und daher packte sie alle in den dafür vorgesehenen Koffer, um sie für Gottlieb mitzunehmen.

Der andere Koffer enthielt fünf Wörterbücher. Ein russisches, ein spanisches, eines für Mandarin, eines für Urdu und eines für Suaheli. Er enthielt eine Querflöte und eine Kalimba, einen kleinen Karton mit Fotos und die Babydecke, die Zebedees Mutter einst für ihren Sohn genäht hatte. Esther verschloss diesen Koffer und deponierte ihn in einer Ecke ihres Dachbodens.

In Zebedees Testament stand weder etwas über sein Haus, in dem er die Galionsfigur aufbewahrte, noch etwas über die Galionsfigur selbst. Zebedee hatte es so eingerichtet, dass das Haus unberührt blieb, und daher blieb auch die Galionsfigur unberührt, ja, sie verstaubte nicht einmal wirklich, und abgesehen vom sanften Dämmer, der durch die dicken Vorhänge drang, bekam sie auch kein Licht.

Im Jenseits hatte Zebedee immer kalte Hände und Füße. Dies verstand er als Strafe für das Glück im Spiel, das er früher auf Erden gehabt hatte, und genauso war es auch, obwohl ihn seines Wissens nie jemand zu irgendetwas verurteilt oder einen Prozess gegen ihn angestrengt hatte. Zebedee lag nicht besonders viel am Glück, das er im Spiel gehabt hatte, und daher machte er sich nicht viel daraus, dass er immer kalte Hände und Füße hatte. Manchmal rieb er die Füße aneinander, manchmal auch die Hände, oder er rieb seine Füße mit den Händen, oder er steckte sich die Hände unter die Achseln, oder er faltete seine Füße in die Kniekehlen, um sie ein bisschen aufzuwärmen, aber die meiste Zeit vergaß er sie einfach und ließ sie kalt werden.

Einmal pro Monat besuchte er einen der öffentlichen Aussichtsplätze, um einen Blick auf seine Galionsfigur zu werfen. Im Jenseits war er Charlotte begegnet, und er hatte ihr Gesicht gestreichelt und sie auf die Wangenknochen geküsst. Als er ihre alten Gesten sah, bekam er es mit der Angst, denn sie fielen ihr so leicht. Die Art, wie sie sich bei ihm unterhakte oder seine Schnurrbartzipfel berührte.

Doch bald warf Zebedee lieber einen Blick auf seine Galionsfigur, weil ihn diese in gewisser Weise stärker an Charlotte erinnerte als Charlotte selbst. Zebedee bezweifelte schwer, dass die jenseitige Charlotte die wahre Charlotte war, und mochte sie Charlotte auch noch so sehr gleichen. Er argwöhnte, dass die wahre Charlotte in der Galionsfigur wiedergeboren worden war. Was tatsächlich der Fall war. Auch, was Zebedee betraf. Eine unverhältnismäßig große Zahl von Menschen entschied sich, im nächsten Leben in dieser Galionsfigur wiedergeboren zu werden. Sie war ein regelrechtes Fass ohne Boden, was Wiedergeburten betraf. Zebedee hätte sich fast darin wiedererkannt. Er bezweifelte, dass das Leben im Jenseits ein echtes Leben war, egal, wie überzeugend es sein mochte, und er fragte sich, ob er wirklich er selbst oder ob er nicht einfach tot auf der Erde gestrandet war.

Währenddessen stand die Galionsfigur in seinem stillen, kleinen Haus und füllte sich langsam mit stillen, alten, vergessenen Seelen.

40

Das Flügelhorn

Es ist nicht besonders schwierig, einigermaßen passabel Flügelhorn zu spielen. Es unterscheidet sich nicht groß von Trompete oder Kornett. Jeder Trompeter oder Kornett-Spieler könnte einem Flügelhorn saubere Töne entlocken. Allerdings hat das Flügelhorn einen feineren Klang, und dieser Klang schlummert im Horn und wird nur geweckt, wenn jemand hineinbläst, der genau weiß, wie man hineinbläst. Erst dann gibt das Flügelhorn sein Geheimnis preis. Jedes Ding birgt ein Geheimnis, das man nicht so leicht enthüllen kann. Hat man das Geheimnis eines bestimmten Dinges enthüllt, dann könnte man meinen, das Geheimnis aller Dinge zu kennen. So spielte Penelope Flügelhorn.

Penelope verstand sich darauf, weil die Stimme des Flügelhorns ihrer eigenen Stimme täuschend ähnlich war. Daher gab es zwischen ihr und dem Flügelhorn eine Art von Einvernehmen, und sie konnte sich in das Instrument hineinversetzen, und das Flügelhorn konnte sich offenbar auch in sie hineinversetzen. Penelope hatte ihre Begabung für das Flügelhorn mit zwölf entdeckt, und sie hatte Benjamin damit zwei Monate lang jeden Abend zum Weinen gebracht. Er weinte teils aus Bewunderung und teils aus Neid, denn er hatte immer nur stümperhaft auf dem Klavier klimpern können, und er würde sterben, ohne das Geheimnis eines einzigen Instruments ergründet zu haben.

Isabella begriff sofort, dass die Sprache von Penelopes Flügelhorn eine der komplexeren Sprachen war, und beim Zuhören entspannte sie sich. Dies bestärkte sie in dem Beschluss, Penelope zu vertrauen. Isabella übte weiter still und heimlich Englisch und wartete auf den passenden Moment, um Penelope anzusprechen. Wenn Isabella keine Lust mehr hatte, die Wörter zu üben, zog sie sich in ihre Erinnerungen zurück, um sich zurechtzulegen, was sie schließlich sagen würde.

41

Wie Isabella zur Antarktis schwamm

Eines regnerischen Frühlings trabte Isabella mit einer Herde Dinosaurier durch Ägypten. Bei Sonnenuntergang veränderte der Himmel seine Farbe und senkte sich tiefer auf die Erde. Dann verlor er seine Farbe ganz, und seinen Geschmack verlor er auch. Isabella suchte sich im Sand ein paar Karotten zum Abendbrot. In ihrem Kopf flackerten die Erinnerungen an Luftspiegelungen, und vor ihren Augenlidern flimmerte Blut. Ein Abendregen ging nieder, und um den Mond bildete sich ein Regenbogen. Die Dinosaurier schliefen schlagartig ein, alle im gleichen Moment.

Isabella erwachte mit tränennassem Gesicht. Sie konnte kaum atmen, hatte einen Druck auf der Brust. Der Mond hatte auf seiner Bahn einen Weg von ungefähr zwei Minuten zurückgelegt.

Es war nicht ungewöhnlich, dass ein Dinosaurier mitten in der Nacht seine Herde verließ. Wenn die Herde erwacht, fehlt plötzlich jemand, und vielleicht lässt sich die Herde deshalb ein bisschen mehr Zeit beim Frühstück. Dann bricht sie auf. Vielleicht kehrt der verschwundene Dinosaurier eine Woche später zur Herde zurück, vielleicht erst nach vielen Jahren, vielleicht auch nie. Isabella konnte sich zwar nicht an ihren Traum erinnern, wusste aber, dass er ein Zeichen zum Aufbruch gewesen war. Sie trottete zum Roten Meer. Ein Kader schwarz schimmernder Insekten begleitete sie, und manchmal flogen sie ihr voraus zum Horizont und kehrten wieder zu ihr zurück. Sobald Isabella weit genug von ihrer schlafenden Herde entfernt war, fiel sie in vollen Galopp. Als der Mond unterging, erreichte sie die Küste und wuchtete ihren dunklen, stillen Körper ins Wasser.

Sie ließ sich von ihrem Körper von der Küste forttragen. Was die Fortbewegung im Wasser betraf, so kannte Isabella einen genialen Trick. Sie konnte frei entscheiden, ob sie sich von einer Welle mittragen ließ oder nicht. Sie konnte in jeder noch so schwachen Strömung Fuß fassen und bis zu deren äußerstem Rand tanzen, ganz gleich, wie stark die Gegenströmung war. Sie konnte Riesenwellen erklimmen und vom Kamm aus den Horizont betrachten, wobei ihre Beine methodisch das wild wirbelnde Wasser traten, oder sie schmiegte sich schelmisch an die Innenseite einer dieser Wellen, oder sie schwamm schnurstracks hindurch wie über einen stillen See. In der Nacht ihres Aufbruchs zur Antarktis plätscherte das Rote Meer gemächlich ans Ufer, und sie ließ sich fast unbewusst hineingleiten. In dieser Nacht stieg ein dünner Nebel über dem Meer auf, er siebte blasse Farbfragmente aus dem Mondlicht und versank im Anschluss wieder im Wasser.

Den Weg zur Antarktis verbrachte Isabella größtenteils in einer Art Traumzustand. Sie schwamm unter anderem deshalb so gern, weil ihre Gedanken dabei eine Neigung zum Sinken entwickelten. Sie wurden aus ihrem Kopf nach unten in den Körper gespült, wurden zu Bewegungsintelligenz, ließen ihre Beine eine stete Folge von Ellipsen beschreiben, ließen ihren Schwanz kreisen wie eine Schiffsschraube. Und sobald ihre Schwimmbewegungen automatisch wurden, lösten sich ihre Gedanken ganz vom Körper und versanken im Wasser. Anfangs konnte sie noch die schwere Silhouette ihres Körpers sehen, der sich gischtschäumend auf der Wasseroberfläche fortbewegte, und sie sah das Sonnenlicht, das auf den Wellen glitzerte. Doch sobald ihre Gedanken versanken, konnte sie ihren Körper nicht mehr sehen, und die Sonne verblasste. Isabella hatte nicht das Gefühl, als sei die Sonne verhüllt, sondern eher, als sei sie auf ihren mageren Kern reduziert worden. Dieser Kern, dachte Isabella, schmeckte vermutlich wie ein großer Happen Ingwerwurzeln. Schließlich verschwand die Sonne ganz, und wenn Isabellas Gedanken versunken waren, entglitten sie vollständig ihrem Zugriff. Sie arbeiteten selbstständig, und ihr Körper bewegte sich automatisch. Und wenn Isabella nach einer Runde Schwimmen wieder trocken war, kehrten ihre Gedanken in ihren Kopf zurück, müde, aber erfrischt.

Auf diese Weise durchschwamm sie das Rote Meer, sie zog ihre Gedanken auf dem Meeresgrund wie ein Schleppnetz hinter sich her, sie schwamm durch den Golf von Aden, am Arabischen Meer vorbei und in den Indischen Ozean, durch die Meerenge von Mozambik, sie schwamm dahin wie im Traum, und der Traum verbarg sich vor ihr, er schrammte über den Meeresgrund.

Isabella war vier Tage von der Antarktis entfernt, als sie sich aus ihrem Traum riss, halb verhungert und mit steifen Gliedern. Sie tauchte und fing einen Fisch.

Einen Fisch hatte sie noch nie gefressen. Die Splitter seiner zermalmten Gräten raspelten die weiche Schleimhaut ihres langen Halses. Das Wasser war so kalt, dass es ihr den Atem verschlug. Ihr Atem entwich ihr in großen, rasch aufeinander folgenden Wolken, und sie musste laut und krampfhaft husten. Isabella schwamm weiter nach Süden, in die Kälte, sie wurde immer langsamer, doch sie war fest davon überzeugt, ein Ziel anzusteuern.

Sie tauchte oft, um Fische zu fangen und zu verhindern, dass das Wasser auf ihrem Gesicht gefror, und sie versuchte, ihre Gedanken versinken zu lassen, damit die Zeit schneller verging, doch es gelang ihr nicht mehr.

Sie brachte sich einen neuen, minimalistischen, auf und ab federnden Beinschlag bei, der dem Auf und Ab des Wassers glich. Dieser Beinschlag war so mühelos, als bewegte sie sich gar nicht. Ihr Körper stach in ihrer Erinnerung wie ein Nichts, und sie versuchte, die Luft anzuhalten. Und als sie die riesige Eisfläche am Horizont sah, begriff sie, dass ihre Gedanken ohne ihr Wissen genau dieses Eis im Sinn gehabt hatten.

42

Die fernste Vergangenheit

Vielleicht ist es hilfreich zu wissen, dass in fernster Vergangenheit, noch vor den Dinosauriern, Menschen lebten, ganz normale Menschen, genau wie du und ich, etwas kleiner zwar, aber dafür langlebiger. Im Durchschnitt wurden sie hundertvierzehn Jahre alt, jedenfalls nach ihrer eigener Berechnung. Sie stellten oft Berechnungen an, und sie rechneten richtig. Sie errichteten wunderbar berechnete Gebäude an wunderbar berechneten Orten. Die Menschen der fernsten Vergangenheit hatten sowohl eine Begabung als auch eine Leidenschaft für Berechnungen, schon bevor sie Taschenrechner hatten, ja sogar, bevor sie Rechenschieber hatten. Ihre Bauernhöfe, ihre Hüte, ihre Ruderboote, die Ruder ihrer Ruderboote, ihre Schuhe und Schnürsenkel und ihre Schubkarren waren alle genau berechnet. Ihre Mühlen und Züge waren genau berechnet. Ihre Fernsehprogramme waren berechnet, ihre Pläne, ganz gleich welcher Art, ihre Taktlosigkeiten, ihre Laster, ihre Ängste und ihre Lieben, die natürlich von den Berechnungen beeinflusst wurden, weshalb man die Berechnungen in diesem Fall in die Berechnungen einkalkulieren musste – ein schwieriges, aber nicht unmögliches Unterfangen. Ihre Straßen und Schornsteine und Bombenattentate, ihre Seifenschalen und Wolkenkratzer und ihre Barbecues waren genau berechnet, und auch ihre Baseball-Spiele waren durch und durch berechnet. Sie kannten Baseball, er entsprach fast genau dem heutigen Baseball. Sie hatten die Infield-Fly-Rule und die Ground-Rule-Double-Rule und die Balk-Rule. Sie hatten die Kiste des Schlägers, wenn auch in etwas kleinerer Ausführung. Schläger und Ball und Feld waren alle etwas kleiner, und auch Mal und Kabine waren kleiner. Nur ein klein bisschen kleiner. Knapp einen Inch.

Sie kannten den Inch. Später hatten sie Zentimeter. Sie hatten sogar die Achtelmeile. Sie hatten Unterröcke, Zeppeline, Schmetterlingsnetze, Kameras, Gitarren, Pinkelbecken und Topflappen. Sie hatten Füllfederhalter, und sie hatten Kugelschreiber. Sie hatten Hysterektomie und Revolutionen und Hundezucht. Sie hatten Spitzenstickerei und Käse und Motorsägen und Kreuzworträtsel. Sie hatten Flughäfen, und in den Flughäfen hatten sie Laufbänder. Im Grunde hatten sie so ziemlich alles. Zwei Dinge hatten sie allerdings nicht, und zwar Ingwerbrause und Auberginenparmesan.

Doch eine Sache, die sie mit Sicherheit hatten, war der Spaß an Berechnungen. Wenn es einmal nichts mehr zu berechnen gab, berechneten sie Wahrscheinlichkeiten. Daher erzielten sie große Fortschritte bei Wetter und Baseball. Die Statistiker der tiefsten Vergangenheit konnten bald Monate im Voraus mit großer Genauigkeit Gewitterschauer und Triple Plays vorhersagen. Keine verregneten Hochzeiten mehr, und die Leute gingen zum Baseball, um die schauerliche Erfüllung von Vorhersagen zu bejubeln.

Dann sagte ein kleines Mädchen, das keinen Taschenrechner und keine entsprechenden Daten besaß, auf die Minute genau sieben aufeinander folgende Blitzeinschläge auf der anderen Seite des Planeten vorher. Bald darauf sagte sie vorher, dass ihre Grundschule eine Lieferung schlechter Milch bekäme, sie sagte die Schwangerschaft ihrer Lehrerin in der zweiten Klasse vorher, den verstauchten Knöchel, den sich ihre Mutter auf dem Laufband holte, und außerdem die vierzehn Kätzchen, die eines Tages rätselhafter Weise auf der Türschwelle der Nachbarn miauten.

Eines Morgens las der Vater des kleinen Mädchens beim Frühstück eine Golf-Zeitschrift und aß dabei Haferflocken mit Erdbeeren, als das kleine Mädchen aus dem Nebenzimmer rief: »Halt, Papa. Nicht *diese* Erdbeere essen.« Sie klang wie ein General mit Mädchenstimme. Ihr Papa senkte den Blick auf die Erdbeere, die er auf dem Löffel hatte, und auf der Erdbeere hockte eine haarige, kirschgroße Spinne. Er ließ Löffel und Erdbeere und Spinne in die Müslischüssel fallen und bedeckte die Schüssel mit Klarsichtfolie und wurde von einem lauten Heulkrampf gepackt. Wie fast alle Menschen der tiefsten Vergangenheit hatte er langsam die Nase voll davon, in einer absolut vorhersehbaren Welt zu leben, einer Welt, wie sie uns die Politiker auch hier für das kommende Jahrzehnt verheißen haben. Der Papa hatte die Nase so voll davon, dass er nachts mit dem Geschmack von Erbrochenem im Hals erwachte und in großen Menschenmengen unter Atemnot litt. Diese Symptome waren weit verbreitet unter den Normalbürgern, die in jener bedeutsamen Epoche der fernsten Vergangenheit lebten.

43

Eliza

Das kleine Mädchen setzte sich an den Frühstückstisch und weinte gemeinsam mit ihrem Papa. Sie weinte gleichbleibend leise und schluchzend. Ihr Weinen klang, als könnte sie jede Sekunde einschlafen, obwohl es Frühstückszeit war, obwohl sie gerade erst aufgewacht war und sich hellwach und putzmunter fühlte. Sie vergoss reichlich Tränen. Die Tränen benetzten ihre Wangen und umkurvten ihre Mundwinkel. Sie tropften auf ihr Kinn und von dort auf ihren Hals, und ihr Hemdkragen wurde ganz nass. Aus ihren Nasenlöchern rann tränenverdünnter Schnodder, den sie mehrmals zu einer Blase aufblies.

Ihr Papa weinte heftiger, sein Heulkrampf war wild und unkontrolliert und durchsetzt von seltsamen Rülpsern. Er weinte fast keine Tränen, und das kleine Mädchen wischte sich ab und zu über die Wangen und patschte ihre Tränen auf das Gesicht ihres Papas, vor allem in seine Augenbrauen und in seinen Schnurrbart. Sie weinte neben ihrem Papa, bis ihr der Gedanke kam, dass er vielleicht vernünftig genug wäre, um ihr eine Frage zu beantworten. Also fragte sie ihn mit schluchzend ersticktem Stöhnen: »Warum weinst du denn, Papa?«

Auf diese Frage hin weinte ihr Papa noch schlimmer, und einmal krümmte er sich und stieß einen langen, langen Rülpser aus. Da weinte auch sie weiter. Als er wieder ein wenig zu Atem zu kommen schien, fragte sie ihn noch einmal: »Papa, warum weinst du eigentlich? Hast du Angst vor Spinnen? Hattest du früher einmal ein schlimmes Erlebnis mit einer Spinne?« Sie wischte sich die Nase an der Schulter ab und spitzte die Ohren, um seine Antwort nicht zu verpassen.

»Oh«, sagte er und rülpste leise ein letztes Mal. »Eigentlich liegt es weniger an der Spinne. Eher an dem Gefühl, dass ihr, du und diese Statistiker, mein ganzes Leben vorhersagen könntet, wenn ihr wolltet. Und daher habe ich das Gefühl, dass mein Dasein im Grunde überflüssig ist.«

Sie sah ihn erstaunt an. »Überflüssig?«

»Sinnlos und unnötig, weißt du.«

Sie stand von ihrem Stuhl auf, runzelte die Stirn und sagte sehr ernst zu ihm: »Das ist aber ein ziemlich merkwürdiger Gedanke.«

Ihre Mutter hatte ihr den Namen Elizabeth gegeben, nach einer Figur aus einem romantischen Film. Doch sobald sie sprechen konnte, sagte sie: »Nennt mich nicht Elizabeth. Nennt mich *Eliza*.«

44

Eliza und der Statistiker

Die Reporter waren die ersten, die sich in Eliza vernarrten. In den drei Tagen nach ihren Blitzschlag-Vorhersagen tauchte sie zweiunddreißig Mal in unterschiedlichen abendlichen Fernsehnachrichten auf. Alle Reporter schenkten ihr Lutscher. Nach den oben erwähnten drei Tagen hatte sie einundsiebzig Lutscher zusammen, darunter einen mit Sassafrasgeschmack, einen mit Sarsaparillegeschmack und einen gegen Husten. Eliza bewahrte ihre Lutscher in ihrer bescheidenen Sammlung von Spieldosen auf.

Nach den Reportern kamen die Statistiker. Ein Vertreter der Statistiker besuchte Eliza zu Hause. Seine Kollegen hielten ihn für einen besonders sympathischen Statistiker, und sie wandten sich oft in Fällen an ihn, die Feingefühl, Charme und Diskretion erforderten. Wenn die Statistiken auf eine eher unangenehme Vorhersage hindeuteten, zum Beispiel darauf, dass ein Vulkan ein winziges tropisches Paradies in Schutt und Asche zu legen drohte oder dass ein Star-Werfer nie mehr einen Fastball würde werfen können, verließen sich alle anderen Statistiker darauf, dass dieser bestimmte Statistiker Inhalt und Folgen der Vorhersage der Öffentlichkeit präsentierte, und die Öffentlichkeit nahm die schlechten Neuigkeiten, die man ihr präsentierte, klaglos hin und bewunderte den Statistiker dafür, dass er es war, der diese Hiobsbotschaften überbrachte, und man begriff, dass er diesen Job nicht besonders mochte und nur deshalb machte, weil er gemacht werden musste, und im Übrigen war er dabei nie sentimental, schaffte es aber immer, das richtige Maß an Bedauern über diese Hiobsbotschaften zum Ausdruck zu bringen. Dafür hatte er ein Talent.

Er hatte ein Talent dafür, weil er die Statistik mochte. Er mochte sie sehr, obwohl die Statistiken manchmal ein recht ungemütliches Feuer auf die Menschen niedergehen ließen, wie etwa im Falle der Vorhersage, dass der Erde ein Bombardement durch winzige Meteoritenpartikel bevorstehe, die größtenteils in der Atmosphäre verglühten, teils jedoch durchkämen, winzige, glühende, wütende Gesteinsstückchen aus dem Weltraum, die Löcher in unsere Dächer brennen und die Wälder in Brand stecken würden, die Korn und Kühe vernichteten, die höchstwahrscheinlich sogar ganze Dörfer vernichteten, wenngleich die Statistiker leider nicht genau vorhersagen konnten, um welche Dörfer es sich handelte, und so weiter und so fort. Auch diese Statistiken schätzte er über alle Maßen, denn sie waren zwar furchtbar, ja, aber nicht mit Absicht. Sie waren nur deshalb furchtbar, weil sie der Wahrheit entsprachen, was seiner Meinung nach nichts Schlechtes sein konnte, und auf diese Weise, indem er sich die Statistiken zum Vorbild nahm, entwickelte der Statistiker eine Methode, um diese grauenhaften Hiobsbotschaften der Statistik seinen lieben Mitbürgern zu verkünden.

Er brachte Eliza eine Tüte Schokomünzen mit, und sie setzten sich gemeinsam auf das Sofa. »Ich nehme an, du hattest in den letzten Tagen ziemlich viel zu tun, Eliza«, sagte der Statistiker. Eliza nickte.

»Gut, dann stelle ich dir jetzt mal eine Frage, die du bestimmt schon oft gehört hast«, sagte er. »Was meinst du: Wie hast du die Blitzeinschläge vorhersagen können?« Wirklich, er war ein mutiger Statistiker.

»Ich habe einfach an Blitze gedacht und mich gefragt, wo es vielleicht blitzen könnte. Und dann hatte ich auf einmal eine ziemlich genaue Vorstellung davon, wo es blitzen könnte. Also habe ich die Zeiten aufgeschrieben.«

»Ja, das habe ich gehört«, sagte der Statistiker. Eliza gefiel der Mut des Statistikers, und sie hätte ihm dafür gern ein Kompliment gemacht, doch er sah aus, als wollte er etwas sagen. Dann fuhr er fort. »Ja, das ist sehr interessant. Man weiß natürlich, dass manche Menschen ungewöhnlich genaue und außergewöhnliche Vorhersagen treffen, aber ich fürchte, dass deine Vorhersagen mehr als außergewöhnlich sind. Du weißt vielleicht, dass wir an unserer eigenen Wissenschaft der Vorhersage arbeiten, meine Statistiker-Kollegen und ich. Und wir sind stolz auf die Fortschritte, die wir erzielt haben. Du bist zu jung, um das zu wissen, aber es gab eine Zeit, da konnte man die Dinge nicht einmal einen Tag im Voraus einigermaßen genau vorhersagen. *Ja*.«

Der Statistiker schwieg, als dächte er an die unheilvolle, unvorhersehbare Vergangenheit.

»Seitdem hat sich viel getan«, fuhr er fort. »Natürlich haben wir immer eine riesige Bandbreite an Aktivitäten im Auge und sammeln alle Informationen, die wir dann verarbeiten und auswerten und so weiter, gewaltige Mengen an Daten, die mit jeder Minute gewaltiger werden. Die Vorhersage eines einzigen Ereignisses bedeutet inzwischen eine schier unglaubliche Arbeit. Aber wir tun sie, und wir tun sie, wenn ich das so sagen darf, ziemlich gut. Ich glaube, dass wir den Menschen mehr Leid erspart als verursacht haben. Und es gibt nur wenige Organisationen, die so etwas von sich behaupten können. Aber du.« An diesem Punkt verstummte der Statistiker und schwenkte fast flirtend einen Finger vor Elizas Nase.

»Du hast Dinge vorhersagen können, die wir nicht hätten vorhersagen können, und das ohne die Hilfe eines einzigen, riesigen Rechners, von denen wir natürlich sehr viele haben. Soweit ich weiß, ist das eine einzigartige Leistung.« Der Statistiker zeigte bittend auf die Schokomünzen. Eliza riss die Tüte mit den Zähnen auf und reichte ihm eine der größten Münzen, denn es gab drei Sorten. Der Statistiker pulte die Folie ab und schob sich die Münze in den Mund.

Dann fuhr er fort, wobei er etwas langsamer sprach. »Nun ja, wir sind der Ansicht, dass du uns helfen könntest. Wir sind der Ansicht, dass du viel Gutes bewirken könntest. Leben retten und so weiter.«

Eliza sah aus, als müsste sie niesen. Das war ihr Pokerface. Ihr Papa hatte ihr beigebracht, wie man eine undurchschaubare Miene aufsetzte, wenn man nicht wollte, dass die Leute ahnten, was man dachte, und diese Miene war die beste, die sie bislang zustande gebracht hatte. Ihr Papa meinte, sie reiche völlig aus, und er könne beim besten Willen nicht sagen, was sie denke, wenn sie diese Miene aufsetze. Das machte den

Statistiker nervös. »Musst du niesen?«, fragte er. Sie schüttelte den Kopf und behielt ihre undurchschaubare Miene bei, und schließlich holte er ein Handy aus der Innentasche seiner Sportjacke und reichte es ihr.

»Das möchte ich dir geben«, sagte er. »Wenn du noch mehr Vorhersagen treffen solltest, dann schalt es einfach ein, und irgendjemand hört dir zu. Vielleicht möchtest du einfach mal Hallo sagen, vielleicht hast du ja mal irgendwelche Fragen ... Oh, da ist ein loses Haar.« Der Statistiker nahm ein loses Haar von Elizas Schulter und steckte es in die Tasche. Eliza schaltete ihr neues Telefon ein, und sofort nahm jemand ab.

»Ja?«, erklang die Stimme eines fremden Statistikers.

»Ich glaube, Ihre Großmutter hat Ihnen ein kleines Akkordeon geschenkt, das Sie in Ihrer Kommode aufbewahren«, sagte Eliza.

»Stimmt«, erwiderte der fremde Statistiker. »Man nennt es *Concertina*.«

45

Eliza und ihr Duplikat

Trotz aller Bemühungen begriff Eliza nicht, warum ihr Vater Angst vor zutreffenden Vorhersagen hatte. Das erste Drittel einer jeder abendlichen Nachrichtensendung im Fernsehen war der Auflistung jener Vorhersagen gewidmet, die sich an diesem Tag erfüllt hatten, und Eliza fiel auf, dass ihr Vater während dieses Teils der Abendnachrichten immer minzgrün und kränklich aussah. Sie begriff, dass er wieder im Strudel seines Fatalismus versank, wenn seine Miene so starr wurde. Wenn dies passierte, und es passierte oft, ging sie immer zur Besteckschublade und bewarf ihn so heftig wie möglich mit Silberlöffeln, bis er sie stoppte.

Manchmal fragte sich Eliza, ob ihr Vater ihr vielleicht einen ausgeklügelten Streich spielte, denn seine Angst kam ihr so bemitleidenswert sinnlos vor. Schließlich sagte sie zu ihm: »Weißt du, Papa, ich glaube, es wäre viel furchtbarer, in einer unvorhersehbaren Welt zu leben. Wie sollte man ohne die Vorhersagen wissen, dass man auf dieser Welt eine Zukunft hat? Wie sollte man wissen, dass man nicht am Ende aller Zeiten lebt und irgendwann in ein riesiges Loch stürzt? Das ist doch wie das Sehen. Wie kannst du wissen, dass du Hände hast, wenn du sie nicht siehst? Das Sehen ist doch eine prima Sache. Und hilfreich.

Du brauchst keine Angst davor zu haben. Es gehört einfach zum Leben. So viel Angst davor zu haben, ist völlig unsinnig. Versuch doch bitte, ein bisschen mutiger zu sein.«

Elizas Vater rannte zur Spüle und erbrach sich über das dreckige Geschirr. Eliza wusste, dass es sinnlos war. Sie schaltete ihr Handy ein.

»Ja?«, antwortete der Concertina-Statistiker.

»Ich werde leider keine Vorhersagen mehr treffen«, sagte Eliza.

»Ach, Mädchen. Was soll der Unfug?«, sagte der Concertina-Statistiker, es war etwas, das er oft zu seiner eigenen Tochter sagte, die ungefähr in Elizas Alter war.

»Nein, wirklich, es reicht«, sagte Eliza.

Der Concertina-Statistiker seufzte. »Das ist äußerst schade. Aber es kommt nicht ganz unerwartet.«

»Gut«, sagte Eliza, und sie schaltete ihr Handy aus und begrub es im Abfalleimer in der Küche unter einem Berg feuchter Kaffeefilter.

Doch die Statistiker arbeiteten schon an einer anderen Eliza, wobei sie genetisches Material benutzten, gewonnen aus jenem losen Haar, das man ihr während des Besuches des Statistikers stiebitzt hatte. Eine herausragende Statistikerin wurde dazu erkoren, die verdoppelte Eliza auszutragen. Die Schwangerschaft verlief problemlos, und der Kaiserschnitt verlief auch problemlos, und man entfernte den Schleim aus dem Hals des geklonten Babys, und das Baby hustete und hustete in einem fort, weinte aber nicht, und alle Statistiker versammelten sich für ein Foto mit dem Baby und seiner Mutter, und sie tauften es auf den Namen

Elizabeth, genau wie das Original, kürzten den Namen aber mit Beth ab.

Sie fütterten Beth mit einer nahrhaften Bandbreite an Obst und Gemüse und lehrten sie die Namen der Dinge. Der Concertina-Statistiker brachte ihr bei, wie man Concertina spielt. Sie machten Ausflüge in die Stadt mit ihr, und sie machten mit ihr Ausflüge aufs Land. Ihre Leihmutter unterrichtete sie zuerst im Schreiben und dann in Geschichte und dann in Literatur. Sie unterrichtete sie auch ein wenig in Mathematik, aber nicht im Übermaß. Alle Statistiker achteten sorgfältig darauf, Beth nicht zu früh mit zu vielen Statistiken zu überhäufen. Wenn sie in ihrer Nähe waren, sprachen sie nicht über ihre Arbeit. Wenn im Verlaufe eines Gespräches plötzlich eine Vorhersage auftauchte, taten alle gleichgültig, allerdings nicht zu gleichgültig, weil das vielleicht verdächtig gewesen wäre.

46

Beth wird älter

Die Statistiker hatten Geduld, und schließlich kam die Zeit, als Beths Fähigkeit, Vorhersagen zu treffen, so plötzlich da war wie Schamhaare. Einen Happen Waffel im Mund, verkündete sie, dass gleich ein kleiner, samtiger, schwarzer Frosch aus dem Abfluss der Dusche kröche und dass jeder, der ihn anfassen wolle, Gummihandschuhe und eine Schutzbrille tragen müsse, da der Frosch aus einer Rückendrüse ein Gift versprühe, das blind mache.

Diese erste Vorhersage feierte man mittags mit Erdbeerkuchen und abends mit einem Tunfischauflauf. Zwei von Beths Lieblingsgerichten. Sie schlug sich den Bauch voll und ging glücklich und mit klarem Kopf zu Bett. Sie erwachte mit dreiundzwanzig neuen Vorhersagen, und im Laufe des Tages traf sie weitere zweiundfünfzig. An jenem Abend feierten sie eine Party mit Kuchen und Kerzen, und Beths Leihmutter legte Beth die Hände auf die Wangen und sagte, sie habe ja immer schon gewusst, dass Beth ein ganz außergewöhnliches, kleines Mädchen sei, und dann gab sie ihr einen Kuss auf die Stirn. Die Statistiker waren beglückt. Sie lobten und priesen Beth ununterbrochen, bis es Zeit zum Zubettgehen war. Am nächsten Morgen erwachte sie mit achtundneunzig Vorhersagen, wodurch sie zwölf Leben und eine große Wohnanlage rettete. Die Statistiker fragten sich, warum sie Eliza nur einmal verdoppelt hatten.

Keine der Katastrophen, die sie vorhersagte, schien sie zu erschüttern. »Ein geschecktes Fohlen wird durch einen Sturz in einen Fahrstuhlschacht sterben«, sagte sie zum Beispiel tonlos. Dann nannte sie Datum und Uhrzeit und Ort und fuhr mit dem fort, was sie gerade tat, mochte es nun das Mittagessen sein oder eine Ballettstunde oder eine Partie Go. Der Concertina-Statistiker hatte viel Zeit darauf verwandt, ihr Go beizubringen, weil er hoffte, dass ihr das Spiel bei ihren Vorhersagen half und sie daran erinnerte, die Folgen ihrer früheren Vorhersagen mit einzukalkulieren, wenn sie eine neue Vorhersage traf. Er dachte sich Ursache-und-Wirkung-Übungen für sie aus, obwohl Beth ihn mehrmals darauf hinwies, dass es abergläubisch sei, sich so viele Gedanken über Ursachen und Wirkungen zu machen.

Beths Leihmutter befürchtete, Beth könnte durch die schlimmeren Vorhersagen traumatisiert werden, und sie versuchte, beim Zubettgehen mir ihr zu reden. »Manche dieser Sachen sind wirklich schlimm, mein Liebling. Ich würde Albträume davon bekommen. Das Mädchen mit der kaputten Flasche heute ist nur eine Woche nach dir geboren worden. Es ist ganz normal, Angst zu haben oder betroffen zu sein. Ich jedenfalls bin betroffen, und ich bin viel länger auf der Welt als du. Solltest du betroffen sein, dann wäre das völlig in Ordnung.«

Beth, schon im Pyjama, setzte sich im Schneidersitz im Bett hin. »Ich weiß«, sagte sie. »Ich bin nicht besonders betroffen. Diese Sachen fallen mir einfach ein. Wie Tatsachen. Ich habe da keine Wahl, aber sie haben natürlich auch keine Wahl. Ich denke sehr oft, dass die Ereignisse verlegen sind, wenn ich sie bemerke. Ich glaube, Ereignisse sind ziemlich schüchtern. Ich bin dann genauso verlegen wie sie. Aber ich glaube auch, dass es einfacher für sie ist, wenn ich mich nicht verhalte, als wäre ich verlegen. Daher versuche ich, mich ganz normal zu verhalten. Aber das ist wohl nicht das Gleiche, wie wenn man betroffen ist.« Beth zog ein nachdenkliches Gesicht, und dann nickte sie. »Ich bin mir ziemlich sicher, dass es mir gut geht. Und ich glaube nicht, dass du noch lange Albträume haben wirst. Lass morgen diesen Eckzahn untersuchen«, sagte sie und zeigte auf den Eckzahn ihrer Leihmutter.

Beim Einschlafen dachte Beth, dass ihr Körper vielleicht nur winzige, leere Treppenhäuser enthielt, nichts weiter.

47

Beths Ausflug in die Stadt

Nach einem Monat wundersamer Vorhersagen erhielt Beth eine Einladung in die Hauptstadt, zu einem Essen, das man ihr zu Ehren gab und bei dem weltweit gewichtige Politiker und berühmte Autoren und die Gattinnen von Magnaten die Gelegenheit erhalten sollten, sie mit eigenen Augen zu sehen und ihr ein paar sorgsam formulierte Fragen zu stellen. Beth war noch nie in einer größeren Stadt gewesen, im Kino aber schon.

Die Statistiker besorgten ihr ein neues Kleid und eine Schleife für ihr Haar und unterwiesen sie im richtigen Gebrauch der diversen Gabeln. Der Concertina-Statistiker kaufte ihr ein Fernglas für den Fall, dass sie oben auf einem hohen Gebäude stehen sollte.

Sie fuhr auf der Rückbank des Minivans ihrer Leihmutter in die Stadt und verlor sich im Anblick des verschwommenen Highway-Randes. Als die Außenbezirke der Hauptstadt am Horizont auftauchten und die blassen, gasartigen Rauchfahnen der höchsten Schornsteine in Sicht kamen, entdeckte Beth ein großes, schwarzes, undeutliches Ding, das auf einem grasigen Hang dicht an der Straße lag. Sie fuhren so schnell vorbei, dass sie nicht erkennen konnte, was es war. Beth löste ihren Sicherheitsgurt, drehte sich auf dem Sitz um und schaute mit dem Fernglas aus der

Heckscheibe. Bei dem Ding handelte es sich um einen ausgewachsenen Bären, der eine Einkaufstüte aus Plastik über dem Kopf hatte, erstickt war und große Schwärme von Fliegen anlockte.

Bei seinem Anblick kam ihr so plötzlich eine Vorhersage in den Sinn, dass sie auflachte. Dann legte sie sich eine Hand vor den Mund, um ihr Lachen zu dämpfen. Sie wurde ganz ruhig und war auf einmal von einer tiefen, rauschhaften Verlegenheit erfüllt.

48

Penelope und die Gene

Penelopes Labor befand sich in einem Schuppen neben einer Reihe von Gewächshäusern. Jeden Nachmittag spiegelte sich der Himmel dunkel und exakt im Glas der Gewächshäuser, und immer wurde Penelope von der Laborarbeit abgelenkt, und sie verlor sich im Anblick der Gläser, in denen der Flug eines Vogels aus unterschiedlichsten Blickwinkeln gespiegelt wurde, und manchmal zog auch ein einzelner Vogelschatten darüber hinweg.

Penelope untersuchte Isabellas Gene unter allen möglichen Mikroskopen. Sie tauchte sie in Chemikalien, mischte und entmischte sie, stupste sie, neckte sie, schimpfte sie aus, doch insgesamt gesehen himmelte sie sie an. Sie verglich sie mit den Genen von Elefanten, Walen, Kängurus und Giraffen. Jeden Morgen besuchte sie Isabella, und sie hatte immer ein Buch mit Geschichten und ihr Flügelhorn dabei, und jedes Mal untersuchte sie Isabella unter einer anderen Hypothese, um endlich einen entscheidenden Hinweis zu finden, eine Spur, die sie hinter die riesige Offensichtlichkeit dieses Dinosaurierkörpers führte. Doch alles, was Penelope entdeckte, war das äußerliche Wunder dieses Körpers, der Eindruck, dass Isabella wie aus makellosem, uraltem und poliertem Mahagoni geschnitzt war, und hinzu kamen ihre Nägel, die ingwerfarbenen Steinen glichen, und das samtige Funktionieren ihrer Organe.

Eines Nachmittags, als Penelope die Gewächshäuser betrachtete, kam ihr der Gedanke, dass sie weiter von der Lösung des grundlegenden Geheimnisses entfernt war als je zuvor. Das Geheimnis des Dinosauriers und seines unnatürlich großen genetischen Materials war zwar beeindruckend und spannend, aber absolut zweitrangig im Vergleich mit dem grundlegenden Geheimnis, auf dessen Lösung sie gehofft hatte und das von Isabella nur auf eine von unzähligen Möglichkeiten variiert wurde. Penelope begriff, dass sie das eigentliche Ziel ihrer lebenslangen Forschungsarbeit immer weiter aus dem Blick verlor, wenn sie ständig über dem Rätsel Isabellas brütete. Der Schatten eines Hubschraubers glitt über die Gewächshäuser. *Schatten*, dachte Penelope. *Schatten sind ein guter Hinweis. Schatten werden mich direkt zum grundlegenden Geheimnis führen. Mein eigener Schatten wird mir getreulich Auskunft geben. Ich könnte mich jetzt sofort wieder meinem Hauptanliegen widmen.*

Penelope war bereits in Tränen aufgelöst. Sie würde keine Schatten erforschen. Sie konnte gar nicht anders, als weiter Isabella zu erforschen, und sie würde bis in alle Ewigkeit ihre alten Forschungsergebnisse aufarbeiten. Sie packte ihr Flügelhorn aus, obwohl sie so melancholisch war, dass sie kaum den Ansatz halten konnte. Sie spielte so perfekt, dass die Vögel mitten im Flug anhielten, um ihr zuzuhören.

49

Iples Botschaften

Iple verbarg sich im Freien. Haar und Bart wuchsen ihm, und er wurde so mager, dass sich die Haut über den Rippen spannte. Seine orangenen Augen sanken ein und und nahmen einen besessenen Ausdruck an. Er aß nichts mehr. Im Jenseits war das Essen reine Formsache, wenn auch eine Formsache, an die sich alle hielten. Wie sich herausstellte, bestand das Leben im Jenseits ausschließlich aus allen möglichen Formsachen und Verboten, auf deren Einhaltung streng geachtet wurde, die Iple jedoch alle ignorierte, um stattdessen durch die Bäuche von Fischen das Leben auf Erden zu beobachten, das alles in allem genauso verlief, wie er es in Erinnerung hatte, nur, dass es ihm inzwischen noch besser gefiel.

Er beobachtete sehr häufig Penelope. Er beobachtete sie so lange, bis er nicht mehr wusste, wie sie aussah. Selbst, wenn er sie beobachtete, kam er nicht mehr darauf, wie sie aussah. Er beobachtete sie, bis er ihre Erinnerungen sehen konnte, bis sich die wahre Welt auflöste, die sie umgab, und in die leicht fehlfarbige Welt ihrer Erinnerungen überging. Er beobachtete ihre Erinnerungen an Dinge, von denen sie selbst nicht mehr wusste, dass sie Erinnerungen daran hatte. Er beobachtete sie, bis auch die Welt ihrer Erinnerungen verblasste und sich die reiche Landschaft ihrer Ängste und Sehnsüchte enthüllte, die ihn komplett in Bann schlug. Er beobachtete, bis seine sonst so zuverlässige innere Uhr stehen blieb, aber das nahm er gar nicht wahr, er war weiter wie gebannt. Sein Haar hörte auf zu wachsen. Seine Haut hörte auf, sich zu erneuern. In seinen Augen erlosch die Besessenheit.

Dann spielte Penelope auf dem Flügelhorn ihr vollkommenes Lied, das die Vögel mitten im Flug anhalten ließ. Das Lied, mit dem sie sich von ihrer alten Hoffnung verabschiedete, das grundlegende Geheimnis zu lösen, doch in diesem traurigen Lied blitzten immer wieder wie Funken die vielen Freuden auf, mit denen sie sich trösten konnte. Als Iple aus seinem Bann erwachte, war er bereits in Tränen aufgelöst, und er weinte, als er zusah, wie Penelope ihre Finger über die Tasten des Flügelhorns fliegen ließ, und er weinte weiter, bis ihr Lied zu Ende war, und dann verebbte sein Weinen, und er schlief ein, obwohl im Jenseits auch der Schlaf eine reine Formsache war, doch er schlief.

Er wachte auf und aß etwas und stutzte Haar und Bart sauber und ordentlich. Er schlug die Falten aus seiner Krawatte und band sie fachmännisch und geschickt mit einem Windsor-Knoten neu. Er bastelte sich eine Angelrute und fischte einen hübschen Tisch und einen hübschen Stuhl aus dem Bach. Er ließ beides zum Trocknen in der Sonne stehen und schnitt sich die Nägel und putzte seine Zähne. Er setzte sich an den Tisch, um einen Brief an Penelope zu schreiben. Er bückte sich und pflückte einen Grashalm. Er holte einen sehr feinen Meißel aus der Schreibtischschublade. Am liebsten hätte er geschrieben: *Liebste Penelope, ich habe das grundlegende Geheimnis gelüftet und kann dir versichern, dass es eine genauso große Enttäuschung ist wie alle anderen Lösungen. Nur Mut. Du hast schon schlimmere Enttäuschungen verdaut als diese. Hingebungsvoll und hilflos wie immer, Iple.*

Iple war klar, dass ein solcher Brief eine unerwünschte Aufmerksamkeit wecken, ja dass ihn vielleicht sogar ein Geist heimsuchen konnte. Außerdem war der Grashalm zu klein. Also fasste er sich kurz. »Glücklich der Detektiv, der vor vielen Rätseln steht«, gravierte er mit dem Meißel in den Grashalm, und er verfütterte den Halm an den Fisch und setzte den Fisch in den Bach, damit er sich seinen Weg zu Penelope suchte. Er gravierte über hundert weitere Grashalme und verfütterte sie an über hundert weitere Fische. Dann aß er etwas, und dann gravierte er tausend weitere Grashalme. Dann gravierte er hunderttausend und verfütterte sie an hunderttausend Fische. Ihm taten weder die Hände noch die Augen weh. Irgendwann sprang seine zuverlässige innere Uhr wieder an.

50

Isabella spricht

Isabella hatte lange genug Englisch geübt. Als Penelope das nächste Mal den Dinosaurierraum betrat, sagte Isabella: »Hallo, Penelope. Wie geht es dir?«, und sie formte die Wörter langsam mit ihren großen Mundwerkzeugen, sie achtete sehr genau auf ihre Aussprache.

Penelope zeigte keine Überraschung. Wie immer drehte sich das riesige Aufnahmegerät im Geräte-Raum. »Oh«, sagte Penelope, »gestern war ich furchtbar melancholisch. Ich dachte schon, ich wäre am Ende. Aber da bin ich wieder. Offenbar hat mir der Schlaf gut getan.«

»Das freut mich«, sagte Isabella. Sie sprach mit einem leicht schwedischen Akzent. Nach kurzem Schweigen sagte sie: »Du erforschst mein genetisches Material, aber es ist ziemlich verwirrend, oder? Es ist monstermäßig groß. Weil es nicht das Ergebnis der üblichen, natürlichen Auslese ist.« Isabella machte zwischen jedem Satz eine lange Pause, um zu verschnaufen. »Dinosaurier wie ich sind von menschlichen Wissenschaftlern entwickelt und erzeugt worden.« Penelope blieb stumm. »Den Wissenschaftlern hier nicht ganz unähnlich, nur, dass sie etwas kleiner waren«, sagte Isabella. »Ja«, sagte Isabella. »Sie hatten eine hochindustrialisierte und hochtechnisierte Gesellschaft«, sagte Isabella. »Genauso ehrgeizig und ungestüm wie diese. Damals waren die Menschen ein bisschen kleiner, wie schon gesagt. Aber sie haben ganz ähnliche Kleider getragen. Und sie hatten den gleichen, fieberhaften Gesichtsausdruck. Sie waren stolz und besessen. Irgendwann tauchte ein Mädchen auf, das prophetische Gaben besaß. Nach einer Reise in die Hauptstadt meinte sie, die Menschen hätten keine Zukunft mehr. Ihnen bleibe nur noch wenig Zeit. Andere Leute hatten ähnliche Warnungen ausgesprochen, aber erst das Mädchen wurde ernst genommen. Weil ihre Vorhersagen so erschreckend zutreffend waren. Sie traf jeden Tag ein paar tausend Vorhersagen. Jene, die man nachprüfen konnte, stimmten immer. Daher wollte man von dem Mädchen eine Lösung hören. Man schlug drastische Reformen im Umweltbereich vor, Abrüstungspläne, gesetzlich geregelte Geburtenkontrolle und so weiter. Aber das Propheten-Mädchen sagte: Nein, zu spät. Daher begann man, seltsame Vorschläge zu machen. Irgendjemand schlug Gen-Technik vor, und das Propheten-Mädchen sagte: Könnte klappen. Man nannte es ›kontrollierte Mutation‹. Dinosaurier waren die direkten Nachfahren der damaligen Menschen. Jeder Dinosaurier könnte dir seine menschlichen Vorfahren nennen. Die Dinosaurier meiner Generation besaßen noch atavistische Bruchstücke des menschlichen Bewusstseins. Oh«, sagte Isabella, »was für eine anstrengende Sprache.«

Penelope saß da. Isabella ruhte sich aus. Penelope holte einen Streifen Kaugummi hervor und kaute darauf herum. Sie betrachtete das Einwickelpapier.

»Aber was ist mit all ihren Artefakten passiert? Warum haben die Archäologen bislang keine Hinweise auf diese uralte und hochentwickelte menschliche Zivilisation gefunden? Warum haben wir noch keine Stadt entdeckt?«

»Das Mädchen bestand darauf, dass alles weg musste. Jedes vom Menschen hergestellte Ding musste verschwinden. In dem Punkt blieb sie hart, aber nie war sie grausam. Trotzdem brach es vielen Menschen das Herz. Man dachte sich einen unglaublich ausgefuchsten Plan aus, um alles ins All zu schießen. Der Plan war auf dreißig Jahre angelegt. Alles, was nicht kompostiert werden konnte, sollte in einer Rakete ins All geschossen werden. Doch bevor man den Raketen-Plan in die Tat umsetzen konnte, stellte ein Forscher seine kleinen Nano-Maschinen vor. Jede bestand aus vierzig Atomen, und wenn man eine aussetzte, nahm sie den ganzen Tag Moleküle auseinander. Am Ende des Tages nahm sie sich dann selbst auseinander. Der Forscher taufte sie Heinzelmännchen. Ein Heinzelmännchen konnte ein ganzes Klavier auseinander nehmen. Sieben einen Lkw. Er brachte ihnen bei, lebendiges Gewebe zu erkennen, damit sie nicht aus Versehen jemandes Fingerspitzen oder Gladiolen oder so etwas auseinander nahmen. Er entwickelte kleine Heinzelmännchen-Bastel-Sets, und die Leute bastelten sich ihre Heinzelmännchen gleich in der Küche, und innerhalb einer Stunde waren Bastel-Set und Küche verschwunden. Darum haben sie uns so geschaffen, wie wir sind. Damit wir ohne Küchen und andere menschliche Errungenschaften auskommen. Damit wir problemlos überleben können. Ernsthaft gejagt wurden die Dinosaurier nur voneinander. Die ganze Erde war unsere Küche. Das war kein Zufall. Sondern sehr sorgfältig geplant.« Penelope spuckte ihren Kaugummi in die Folie. »Am furchtbarsten war es für sie, die Heinzelmännchen in ihre Bibliotheken zu schicken«, sagte Isabella. »Wie schon gesagt: Das brach vielen Leuten das Herz. Manche fragten sich, ob sie vielleicht auf ungeschickte Art versuchten, die Bedingungen für ihr eigenes Aussterben auszuhandeln, ob es nicht doch besser wäre, auszusterben und ein paar vermoderte, glorreiche Bibliotheken zu hinterlassen, anstatt als Tiere zu überleben, in denen man den Menschen nicht mehr wiedererkannte. Aber genau darum ist mein genetisches Material so groß, wie es ist. Weil sie gelernt haben, Erinnerungen in diesem Material zu speichern. Damit ihre Erinnerungen nach dem Verschwinden der Bibliotheken, ja sogar nach dem Verschwinden ihrer eigenen Art für immer in den Dinosauriern erhalten blieben. Und das hat wunderbar funktioniert. Ich kann jede Erinnerung aus der letzten Generation meiner menschlichen Vorfahren wachrufen, und im Laufe der Generationen sind in meiner Linie Tausende von menschlichen Vorfahren zusammengekommen. Die alte Hauptstadt steht mir klar und deutlich vor Augen. Ich kann mich sogar an den Moment erinnern, als die kleine Jugendliche zum allerersten Mal das Aussterben der Menschen vorhersagte, denn auch sie gehört zu meinen menschlichen Vorfahren. Ja, sogar zur direkten Linie mütterlicherseits. Die Mutter meiner Mutter meiner Mutter und so fort.«

Isabellas Blick wirkte plötzlich, als wäre sie weit

fort. »Ich glaube, jetzt würde ich gern ein Nickerchen halten.«

»Okay, Elizabeth«, sagte Penelope, und Penelope hielt auch ein Nickerchen.

51

Das letzte Spiel des Shortstops

Man spielte am frühen Nachmittag gegen eine Mannschaft von brasilianischen Feuerwehrmännern, die ihre Schläger in Rio de Janeiro von einem Mönch hatten segnen lassen. Sie schwangen sie mit geschlossenen Augen. Sie schlugen den Ball so schnell, dass er nicht mehr zu sehen war. Beim ersten Inning schlugen sie drei Bälle am Shortstop vorbei. Man hörte das »Pock!« des gesegneten Schlägers, und dann sprang der Ball so rasant über das Außenfeld, dass er Löcher im Rasen hinterließ. Der Shortstop hörte immer nur, wie der Ball an ihm vorbeisauste. Keiner wusste, was von alledem zu halten war. Beim ersten Inning errangen die Feuerwehrmänner elf Läufe.

In der Kabine kaute der Shortstop einen Streifen Kaugummi. Am Ende des ersten Innings hatte er einen Triple in die linke Ecke geschlagen und einen wilden Pitch nach Hause gelaufen. Der Shortstop betrachtete die Schläger der Brasilianer, bunt schillernde Vögel aus tropischen Gefilden. Als Vorbereitung auf die Rückkehr auf den Platz dehnte er die Knöchel. Zu Beginn des zweiten Innings stand es elf zu eins.

Der Shortstop betrachtete den in der Hand des Pitchers liegenden Ball, er beobachtete, wie die Finger des Pitchers die Nähte des Balles ertasteten. Er hielt sich in jedem einzelnen Moment auf. Er dehnte seine

Handgelenke. Er führte seinen Geist in die gewaltige Leere, die die Momente voneinander trennt. Als der Ball die Hand des Schlägers verließ, versenkte er sich in jeden noch so kurzen Moment. Er glitt durch den Raum seiner eigenen Konzentration. Der Brasilianer schlug den Ball mit seinem gesegneten Schläger, und zwei Momente später lag der Shortstop auf den Knien und hielt den Ball in der linken Hand. Er schnippte mit den Fingern der rechten Hand, um den ersten Baseman auf sich aufmerksam zu machen, der nicht wusste, wohin der Ball geflogen war. Der erste Baseman merkte auf, und der Shortstop warf ihm den Ball zielgenau in den Handschuh. Alle Zuschauer im Stadion fielen auf die Knie. Keiner wusste, was wirklich passiert war. Es war, als hätte der Shortstop einen Ball aus dem Nichts geholt, als wäre ein Ball vom gesegneten Schläger des Brasilianers geschlagen worden und ein anderer Ball in der Hand des Shortstops erschienen. Er hatte sich eine rosige Fingerspitze gebrochen.

Sechs Innings lang vollbrachte der Shortstop Wunder. Er fing den Ball wie ein Zauberer, jedes Mal versonnener. Je mehr er sich in jeden Moment vertiefte und je länger er sich darin aufhielt, desto nebensächlicher wurde der Ball. Der Shortstop achtete darauf, welchem Muster das Glitzern in den Augen seiner Mitspieler folgte, witterte die Unterschiede im milden Duft der Erdnussschalen, die auf das Spielfeld geweht wurden. Der Shortstop verliebte sich unsterblich in die Langsamkeit der Zeit.

Mit nur noch einem fehlenden zur vollen Acht und beim Stand von elf zu vier für die Brasilianer, als der

Ball auf halbem Weg zum Heimmal mitten über dem Feld hing, riss der Shortstop den Ball an einem losen Faden aus der Luft und verließ das Stadion.

Der gesegnete Schläger schlug ins Leere, und auf der Suche nach dem Ball schauten alle zum Shortstop. Doch er war für immer verschwunden und mit ihm der Ball.

52

Was Isabella ausließ

Als Penelope aus ihrem Nickerchen erwachte, war Isabella verschwunden. Auch das Tonband mit der Aufnahme von Isabellas Worten war verschwunden. Im Geräte-Raum arbeiteten ein paar Techniker, aber sie hatten nichts von dem Verschwinden bemerkt. Dort, wo Isabella gewesen war, lag ein Glückskeks auf dem Fußboden. Penelope knackte ihn und las, was auf dem Papier stand. *Glücklich der Detektiv, der vor vielen Rätseln steht.* Auf der Rückseite standen Glückszahlen. Zahlen, wie sie Penelope noch nie gesehen hatte.

Harry, der Ex-Präsident, war enttäuscht, als er vom Verschwinden des Dinosauriers erfuhr, vor allem, weil zugleich sein bester Shortstop verschwunden war. Nun blieben ihm nur noch seine Träume von Valentina Tereschkowa.

Benjamin machte Penelope zum Mittagessen Crêpes suzettes mit Himbeeren. »Hast du eine Erklärung für das Verschwinden?«, fragte er.

»Sie konnte Englisch«, sagte Penelope. »Heute vormittag hat sie mit mir geredet.« Penelope erzählte Benjamin alles, was Isabella ihr erzählt hatte. Benjamin starrte durstig Penelopes Augenbrauen an. »Glaubst du mir etwa nicht?«, fragte Penelope.

»Ist mir egal, ob ich dir glaube oder nicht. Du bist

ein prima Mädchen, und du bist immer ein prima Mädchen gewesen. Alles andere ist mir schnurzpiepegal«, sagte Benjamin. Er starrte weiter ihre Augenbrauen an und sah dabei irrsinnig durstig aus. Als sie es aufgab, ihm noch mehr zu erzählen, sagte er: »Tu mir bitte den Gefallen und sprich nie wieder von diesem Dinosaurier.«

Isabella hatte Penelope keine einzige Unwahrheit erzählt. Allerdings hatte sie Entscheidendes ausgelassen. Sie hatte zum Beispiel nicht erwähnt, dass zwei Drittel der Dinosaurier der ersten Generation keine sechs Monate alt geworden waren, und sie hatte nicht erwähnt, dass im Vorfeld niemand ernsthaft an den Erfolg des Projektes geglaubt hatte und dass man den Tod all der Baby-Dinosaurier als Beweis für das komplette Scheitern des Projektes ansah und dass die alten Menschen daher im Wissen starben, sich nicht verewigt zu haben. Isabella hatte all dies für nicht erwähnenswert gehalten. Schließlich handelte es sich dabei um die letzten, unschicklichen Gedanken ihrer Vorfahren, die man besser für sich behielt.

Außerdem hatte Isabella unerwähnt gelassen, warum sie im Eis eingefroren war und dass sie etwas von Beths Talent für ausufernde Vorhersagen geerbt hatte und wusste, was den Dinosauriern bevorstand, dass ihr genetisches Material nach ein paar hundert Generationen zerfiele, dass es hervorragende Arbeit geleistet hatte, aber zu groß und klobig war, um wie richtige Gene zusammenzuhalten, dass der Klebstoff ihrer Konditionierung zerbröselte, dass diese Gene eine sehr gute und hehre Idee gewesen waren, aber dass sie irgendwann bemerkten, dass sie unbrauchbar waren. Nach wenigen Generationen legten sie leere Eier, von denen einige, dicht unter der Erdoberfläche verborgen, immer noch heil waren und darauf warteten, dass jemand vorbeikam und sie aufknackte und die trächtige Luft herausließ. Isabella hielt es nicht für erwähnenswert, dass sie ihre eigene Untergangs-Vorhersage beherzigte, indem sie zur Antarktis schwamm, sich in der Gewissheit ins ewige Eis begab, irgendwann entdeckt zu werden. All dies hielt Isabella für nicht erwähnenswert, weil sie jetzt, nachdem sie den Untergang der Dinosaurier so wundersam wohlbehalten überlebt hatte, nicht wusste, was sie mit sich anfangen sollte.

53

Eliza und die Abweichung

Die Statistiker hielten Beth so gut wie möglich geheim. Sie verkündeten ihre Vorhersagen, verschwiegen aber die Existenz des Mädchens. Sie bezeichneten sie immer nur als »unsere neue Technologie« und sagten Dinge wie: »Unsere neue Technologie weist mit großem Nachdruck darauf hin, dass am Mittwoch um die Mittagszeit ein Verkehrshubschrauber auf dem Interstate notlanden wird« und Ähnliches. Das passte nicht zu den Statistikern, die ihre Methoden sonst immer erschöpfend erklärten. Doch als Beth das Ende der Menschen vorhersagte, beschlossen die Statistiker, eine Erklärung abzugeben. Sie nahmen sie zu einer Fernsehkonferenz mit und erläuterten ihre Gabe und eröffneten dem Fernsehpublikum ihre eher unangenehme Neuigkeit. Niemand bezweifelte die Worte der Statistiker, die sich bislang als unfehlbar erwiesen hatten.

Eliza sah Beth zum ersten Mal am Tag nach der Fernsehkonferenz auf einem Zeitungsfoto. Auf dem Foto trug Beth ihr Haar wie einen Balance-Akt als Knoten auf dem Kopf. Eliza hatte den gleichen Knoten, doch als sie sah, wie er auf dem Kopf ihres kleinen Klons saß, hätte sie am liebsten geweint, obwohl sie schon seit vielen Jahren nicht mehr geweint hatte, sie gab sich große Mühe zu weinen, aber leider umsonst. Sie hatten diesen Moment kommen sehen, und obwohl sie das Gefühl, dass ihre Vorahnungen nun Wirklichkeit geworden waren, immer noch berührte, ja fast überraschte – vor allem in diesem Fall, an dem sie seit Beths Geburt in Gedanken festgehalten hatte wie an einem Talisman –, war sie doch zu sehr darauf gefasst gewesen, um weinen zu können.

Stattdessen tat sie, was sie von Anfang an hatte tun wollen. Sie rief bei einer Zeitung an. Sie erzählte den Zeitungsleuten, dass auch sie die Gabe besitze, zukünftige Ereignisse absolut zutreffend vorherzusagen, genau wie das kleine Mädchen, das für die Statistiker arbeitete. Man könne sogar, sagte sie den Zeitungsleuten, die äußerliche Ähnlichkeit zwischen ihr und dem Mädchen sehen. Das, sagte sie den Zeitungsleuten, liege daran, dass das Mädchen ihre exakte genetische Kopie sei. Vor ein paar Jahren sei sie von den Statistikern gebeten worden, Vorhersagen für sie zu treffen. Man wisse vielleicht noch, dass damals Geschichten über ein kleines Mädchen die Runde machten, das eine Reihe sehr unwahrscheinlicher Ereignisse vorhergesagt habe. Aus privaten Gründen habe sie aufgehört, ihre Vorhersagen zu verkünden. Doch sie habe sie weiterhin. Und zwar in fast überwältigendem Maße. Sie habe sie nur für sich behalten.

Nun jedoch, erzählte Eliza den Zeitungsleuten, müsse sie eine Vorhersage der Öffentlichkeit mitteilen. Sie liebe ihren Klon von Herzen, obwohl sie ihm nie begegnet sei und nie begegnen werde. Sie vermute, dass nur sie beide einander wirklich verstehen könnten. Doch diese folgenreiche Vorhersage ihres Klons, die Vorhersage, dass die Menschheit keine Überlebenschance habe, stimme so nicht. Die Menschheit stehe kurz vor der Entwicklung von Technologien, die so wunderbar und ausgefeilt seien, dass sie den Schaden beheben könnten, den die alten, primitiven Technologien angerichtet hätten. Die Menschheit könne überleben. Und zwar voller Zuversicht. Die Menschheit stehe kurz vor einem Entwicklungsschritt, der ein Leben in ungeahntem Wohlstand ermöglichen werde.

Die Zeitung druckte alles, was Eliza erzählt hatte. Vielleicht glaubte ihr niemand, weil jeder so gern geglaubt hätte, was sie erzählt hatte. Fast niemand. Ungefähr fünfzigtausend Menschen glaubten ihr. Sie versammelten sich alle auf einer kleinen Falkland-Insel und versteckten sich dort vor den Heinzelmännchen. Unter ihnen war der Wissenschaftler, der die Heinzelmännchen entwickelt hatte. Er hatte ein fantastisches kleines Labor. Als die Insel allmählich im Atlantik versank, umgab er sie mit einer gigantischen Blase. Und als die Menschen ihrer Unterwasser-Stadt müde wurden, baute er eine riesige Rakete, und alle stiegen ein und machten sich auf die Suche nach einem neuen Planeten.

Dieser neue Planet war wunderschön, und der heldenhafte Wissenschaftler begann, sich der Verbesserung der menschlichen Biologie zu widmen. Er verbesserte die menschliche Biologie so, dass die Menschen nur noch starben, wenn sie es unbedingt wollten. Dann wischte er sich die Hände ab und hängte die Wissenschaft an den Nagel. Er beschloss, eine Tochter zu bekommen. Das war das Einzige, was er noch wollte. Doch am Ende saß er mit neunundzwanzig Söhnen da, deren jüngster ich bin.

54
Mein Teleskop

Als mein Vater die Hoffnung aufgab, noch eine Tochter zu bekommen, starb er. Aus eigenem Willen natürlich, denn aus anderen Gründen stirbt hier niemand. Ich schätze, dass er eine gewisse Erfüllung darin fand, am Ende etwas zu wollen, das er nicht bekommen konnte. Bei seinem Tod war ich noch ein Baby, das letzte in der langen Reihe fehlgezeugter Kinder. Niemand weiß, wie alt er war. Auf diesem Planeten hat man schon lange kein Zeitgefühl mehr.

Meine Mutter blieb so lange am Leben, bis sie mich großgezogen hatte. Sie war ganz vernarrt in mich. Meine achtundzwanzig Brüder sind Vollidioten. Sie liegen alle auf einem Haufen wie menschliche Socken. Hin und wieder stöhnt einer von ihnen auf, und dann fangen sie alle an zu stöhnen. Schließlich schlafen sie der Reihe nach ein und halten wieder den Mund. Als meine Mutter der Meinung war, ich sei erwachsen genug, folgte sie meinem Vater ins Jenseits.

Beim Bau meines Teleskops setzte ich die gesamte wissenschaftliche Begabung ein, die ich von meinem Vater geerbt hatte. Ein solches Teleskop hätte er für unmöglich gehalten, schätze ich. Ich habe einen einwandfreien Blick in jede Richtung und über jede Entfernung hinweg. Ich kann sogar durch Hindernisse schauen. Ich kann in Richtungen schauen, die der menschliche Geist eigentlich gar nicht kennt, geschweige denn in den Blick bekommt. Ich kann die Gedanken und Erinnerungen eines jeden Menschen sehen, als säße ich in einer Laien-Oper. Ich benutze mein Teleskop, um einen Blick ins Jenseits zu werfen und nach Iple zu schauen oder nach meiner Mutter und meinem Vater. Mein Vater hatte sich keine großen Hoffnungen gemacht, was ein Leben im Jenseits angeht. Ja, er war sogar fest davon überzeugt, dass es ein solches Leben nicht gab. Er läuft immer noch ziemlich ungläubig im Jenseits herum.

Durch meine Beobachtung der Erde habe ich mein Zeitgefühl ein Stück weit zurückgewonnen, auch wenn es mir immer noch komisch vorkommt, so als schriebe ich mit der falschen Hand. Außerdem habe ich Angst, dass mein Zeitbewusstsein mich zerstören könnte. Ich werfe einen Blick auf meine ewig jungen Brüder, sie erstrahlen in vollkommener Schönheit wie verblödete Engel. Ich hingegen bekomme langsam Falten um die Augen. Ab und zu protestiert mein Mund gegen den Rest meines Körpers.

Die Wahrheit all dessen, was ich berichtet habe, ist durch mein Teleskop gewährleistet. Mögliche Fehler sind Mängeln des Teleskops geschuldet. Allerdings sind mir keine solchen Mängel aufgefallen. Das Teleskop hat sich als unendlich beweglich erwiesen. Jedenfalls steht seine Beweglichkeit der meiner Augen in nichts nach.

55

Harry und Valentina

Valentina hat ein schlichtes und hartes Gesicht. Ihre Lippen sind wie aus Kalk. Ihre Augen vergisst man ziemlich schnell. Als Harry erwacht ist, kann er sich nicht mehr daran erinnern, wie sie in seinem Traum dreingeschaut hat, ja nicht einmal, welche Augenfarbe sie hatte. Ihre Iris ist grau. Ihre Pupillen sind auch grau, nicht schwarz. Das Grau ist unbestimmbar und schattenhaft. Valentinas graue Augen entschlüpfen der Erinnerung wie Aale.

Inzwischen ist mit Harry nach dem Erwachen nicht mehr viel los. Er isst nur noch Sardinen-Sandwichs mit Ketchup und sieht im Fernsehen Dokumentarfilme über historische Themen. Er lebt für seine Träume, und diese Träume drehen sich um Valentina. Er bittet sie, ihn Harry zu nennen, und sie errötet und zögert. Sie kann ihn nicht Harry nennen, das geht einfach nicht. Er bittet sie noch einmal. Zum Zeichen seiner Zuneigung möchte er ihr einen goldenen Backenzahn schenken, den sie nicht annehmen kann. Er zieht einen Granatsplitter hervor, der tief in seiner Schulter gesteckt hat. Wider besseres Wissen bietet er ihr seine Augen an, damit sie diese als Schmuck trage. Valentina schaudert es. Harry ist für sie reine Fiktion, selbst in seinen Träumen, in denen sie ja Teil der Fiktion ist.

Nun flieht sie vor ihm ins All, sie trägt ihren sowjetischen Raumanzug und darunter eine schlichte, weiße Bluse und einen schlichten, olivfarbenen Rock, das Haar hat sie zum Knoten gebunden. Harry sucht ihre Nähe, denn ihre Nähe, denkt er, ist noch ein bisschen endloser als das All. Er jagt ihr nach, obwohl er nicht einmal einen Raumanzug trägt, sondern nur Pyjama und Puschen. Er wird alles versuchen, um ja nicht aus diesem Traum zu erwachen. Seine Puschen erschweren die Verfolgung, und nachdem er sie abgeschüttelt hat, tanzen sie miteinander, trunken von der federleichten Schwerelosigkeit des Universums.

Harry hat ein langes, glänzendes, rosa Band mitgenommen, und bei der Verfolgung Valentinas spannt er es quer durch den Kosmos, vielleicht, um das All für sie zu schmücken, vielleicht, um sie damit einzufangen, er weiß es nicht genau. Er hält den Atem an. Das ist leicht. Sein Atem drängt gar nicht nach außen. Valentina ist ein weit entfernter Punkt zwischen den Sternen. Vielleicht hat sie beschlossen, sich hinter einem zu verstecken. Harry will sie nicht aus den Augen verlieren. Er macht sich darauf gefasst, sich mit ihrer Intelligenz auseinander setzen zu müssen, auch wenn es sich möglicherweise um eine völlig unbekannte Art von Intelligenz handelt.

Und er tritt so unverzagt mit den Beinen, um sich voranzutreiben, als führe er Rollschuh. Als ich ihm so zusehe, kommt mir der leise Verdacht, dass sich hier doch noch jemand unsterblich verlieben könnte.

56

Epilog

Da ist zunächst einmal Gottlieb. Gottlieb, dem Zebedee ein Go-Spiel geschenkt hat. In dieses Go-Spiel hatte sich ein Hauch von Zebedees Glück eingeschlichen, und Gottlieb wurde ein Meister. Das Brett verführte ihn, und er verführte die Steine. Er konnte die Steine seiner Gegner dazu verführen, ihre tiefsten und geheimsten Fehler preiszugeben. Er spielte ausschließlich gegen die größten Meister, und sie waren ihm hilflos ausgeliefert. Dann spielte er nur noch gegen sich selbst, und diese Spiele waren so abgehoben, dass niemand ihre Brillanz begriff. Gottlieb vernachlässigte seine Mutter und seine Frau, und schließlich machten sich beide auf Nimmerwiedersehen aus dem Staub. In der Zwischenzeit brach er sich selbst immer wieder das Herz mit der unfassbaren Eleganz seines Go-Spieles.

Seine Frau verkleidete sich als Mann und lebte unter Piraten als Pirat. Sie blieb hübsch. Sie war sogar hübscher als viele andere hübsche Frauen. Aber sie war auch geschmeidig und gnadenlos. Sie war dafür bekannt, ihren Feinden die Ohrläppchen abzusäbeln und diese zu schlucken. Das war eine so unerklärliche Angewohnheit, dass sie unweigerlich Angst und Schrecken verbreitete. Andere Piraten schlotterten vor Furcht, was ihrer Vermutung nach erklärte, weshalb sie sich sexuell so stark von ihr angezogen fühlten. Sie starb an einem Schlangenbiss. Gottliebs Mutter hingegen starb in aller Stille an einem Schlaganfall hinter der Theke ihrer Pizzeria.

Dann ist da noch Asa. Als er wegen des Mordes an Iple vor Gericht stand, steckte er seinen Kopf in Brand.

Dann ist da noch der Goldschläger. Der Goldschläger hatte immer kalte Hände und Füße. Sie waren so kalt wie das Wasser eines Gebirgsbaches. Betrüger zitterten vor Kälte, wenn sie dem Goldschläger begegneten. Der Goldschläger könnte durchaus wieder auftauchen. Er könnte an einer Million Orte zu finden sein.

Dann gibt es noch die Verschwundenen. Der Shortstop ist verschwunden und Isabella auch. Und Harrys Sohn, Louis. Welche Großtat Louis wohl gerade vollbringt? Meinem Gefühl nach wird er noch für eine grauenhafte Katastrophe sorgen. Für eine Kette von Ereignissen, an deren Ende der Weltuntergang steht. Vielleicht wachen endlich meine achtundzwanzig Brüder auf und entdecken den Sinn ihres Daseins. Im Grunde waren sie niemals nur schlappe Idioten, sondern haben einfach auf ihre Stunde gewartet. Sobald sie schlägt, werden sie die Segel setzen und euren Planeten ansteuern. Sie besitzen eine furchtbare, wundersame Technologie, und sie wissen ausgezeichnet über all jene exotischen Dinge des Universums Bescheid, über die man eigentlich nur spekulieren kann wie ein Kind. Im Augenblick der Katastrophe wird die Erde nur von jenen gerettet werden können, die anscheinend von ihr verschwunden sind. In diesem verhängnisvollen Moment wird der Heldenmut der ungerechterweise vergessenen oder verirrten Seelen offenbar werden.

Nein, meine Brüder sind hirnamputiert. Sie werden nicht die Segel setzen und euren Planeten ansteuern. Ich werde ihn einfach weiter beobachten und nach Louis Ausschau halten, der offenbar außer Reichweite ist, selbst für mein Teleskop, auf ewig vermisst.

Dann gibt es noch die Galionsfigur, die in Zebedees leerem Haus Staub und Licht sammelt und sich langsam mit Seelen füllt, als bereite sie sich auf irgendetwas vor. Irgendetwas bereitet sich da unbestreitbar auf irgendetwas vor. Vielleicht wird Louis in Zebedees altes Haus poltern und stolpern und die Galionsfigur knacken wie eine Piňata, um all die vielen Seelen in die Unbehaustheit zu entlassen, um jenes unverortbare, unwiderstehliche Ungleichgewicht aufzuheben. Vielleicht knackt er sie auch völlig ergebnislos.

Penelope spielt nicht mehr Detektivin.

Iple hat kaum noch etwas zu tun. Er pfeift ein Lied, schmeißt ab und zu die Hacken aus, um nicht verzweifelt zu weinen, denn in dieser Hinsicht hat er sein Soll bereits mehr als erfüllt.

57

Zweiter Epilog

Die Dinge sind allmählich aus meinem Blickfeld oder aus dem meines Teleskops geraten. Isabella und der Shortstop bleiben spurlos verschwunden. Heute morgen fand ich das Jenseits nicht mehr dort, wo es meiner Erinnerung nach war. Wenn ich ins Okular blinzele, sehe ich nur das Spiegelbild meines blinzelnden Auges, als hätte ich vergessen, die Schutzkappe vom Objektiv zu nehmen. Aber ich habe keine Schutzkappe.

Anfangs ging ich davon aus, dass irgendetwas die Spiegel und Linsen im Teleskop verschoben hatte, aber nein, ich habe es nachgeprüft, und im Teleskop ist alles in bester Ordnung. Mein Selbstvertrauen ist angeknackst. Entweder, mein Auge hat die Fähigkeit zur Fokussierung komplett verloren, oder man hat einen versteckten Hebel umgelegt, wodurch der wunderbare Zustand, den ich als naturgegeben ansah – die Sichtbarkeit der Welt –, ein Ende gefunden hat. Die weit entfernte Welt, ja selbst die weniger weit entfernte Welt spricht nicht mehr zu mir. Allerdings habe ich den leisen Verdacht, dass sie nie zu mir gesprochen hat, dass mein Teleskop von Anfang an hoffnungslos verfinstert war und dass alles, was ich durch das Teleskop gesehen habe, nur einem funktionsuntüchtigen Nichts entsprang. Ich schätze, dass es sich eher um ein Kaleidoskop als um ein Teleskop handelt, um ein Gerät, das das untersucht, was in meinem eigenen Auge flackert. Mir schwant, dass mein Vater gute Gründe dafür hatte, nicht an ein Leben im Jenseits zu glauben, und gute Gründe für seinen Entschluss, aus der Welt zu scheiden.

Zum Glück ist das Teleskop nicht meine einzige Erfindung. Es gibt auch eine Zauberdecke, die ich in Kürze ausprobieren werde. Man wickelt sich von Kopf bis Fuß in die Decke, und wenn man sie wieder abnimmt, ist man verschwunden. Dann stopft man sich die Decke in die Faust, und wenn man die Faust wieder öffnet, ist die Decke verschwunden.

58

Reise im Rachen des Wolfes

Ich würde gern ein bisschen herumphilosophieren. Endlos viele Wege führen zum Tod. Man kann vor dem Verlassen der Gebärmutter von der Nabelschnur erdrosselt werden. Neugeborene können an Schwäche sterben, Neugeborene, deren Herz so groß ist wie ein Fingerabdruck. Man kann sterben, weil man im Herbst zu lange draußen im Regen gespielt hat. Man kann sterben, weil sich eine Wunde infiziert hat. Man kann an einem Insektenstich sterben. Man kann an einer Geschlechtskrankheit sterben. Man kann zu Tode getrampelt werden. Der Tod kann aus den Lungen kommen, aus dem Herzen, aus dem Gehirn, und manchmal scheint der Tod aus dem Nichts zu kommen. Man kann durch einen Sturz von der Treppe sterben. Man kann sogar durch einen Sturz von der untersten Treppenstufe sterben. Man kann durch einen Sturz sterben, auch wenn nirgendwo eine Treppe in Sicht ist. Man kann sterben, wenn man sich einfach nur hinsetzt. Man kann an Einfallsreichtum sterben. Man kann durch den Angriff eines Hais sterben. Man kann durch eine Mörderbiene sterben. Man kann an giftigen Gerüchen sterben. Man kann durch eine der vielen Todesmaschinen sterben, zum Beispiel durch eine Guillotine oder eine Bombe oder eine Steine schmeißende Menschenmenge. Man kann auch aus

Versehen sterben. Man kann sterben, weil man versucht, ein Schmuckstück aus den rotierenden Teilen einer schweren Industriemaschine zu ziehen, etwa eine Halskette aus einer Druckerpresse. Und es gibt Verstümmelungen und abgetrennte Gliedmaßen. Die Vorstellung, man sei ein beklagenswert zerbrechliches Ding, das in eine gefährliche, kalte Winternacht geworfen worden ist, trifft durchaus zu. Man befindet sich auf einer Reise von einem bisschen Dunkel in das nächste bisschen Dunkel, und dazwischen liegen Gefahren und wiederum Dunkel. Möglicherweise hat man ein Fenster, vielleicht auch mehrere Fenster, durch die man schauen kann. Diese Fenster sollten immer gut geputzt sein. Ein dreckiges Fenster ist wie eine Depression. Bei einem Tornado sollte man sich vom Fenster fern halten. Ein Tornado kann Glasscherben wie Gewehrkugeln durch die Gegend pusten. Am besten sucht man sich einen Wolf, der einen nicht verschlingt, und bittet ihn, in sein Maul steigen und die Reise darin fortsetzen zu dürfen. Auf diese Weise hat man wenigstens eine Chance.

Die Originalausgabe erschien 2004 unter dem Titel
Travel in the Mouth of the World bei Soft Skull Press, Brooklyn.

FSC
Mixed Sources
Product group from well-managed
forests and other controlled sources

Cert no. GFA-COC-1223
www.fsc.org
© 1996 Forest Stewardship Council

Verlagsgruppe Random House FSC-DEU-0100
Das FSC-zertifizierte Papier *Munken Print*
für die Sammlung Luchterhand liefert
Arctic Paper Munkedals AB, Schweden

Deutsche Erstveröffentlichung

Satz: Greiner & Reichel, Köln
Druck und Einband: Clausen & Bosse, Leck
Printed in Germany
ISBN 978-3-630-62098-5

www.luchterhand-literaturverlag.de